# Redacte mejor comercialmente

# P. MANDOUNE

**Profesor de Enseñanza Comercial**

# Redacte mejor comercialmente...

Obra inscrita entre los manuales adoptados
en las Escuelas de Comercio de París para
la preparación de los cursos de formación
profesional y otras carreras comerciales.

**TERCERA EDICION**
Corregida y ampliada

1981

Madrid

Traducido y adaptado por:
JOAQUIN MANGADA SANZ

© DUNOD, París (Francia)

© de la edición española,
   Editorial Paraninfo, S.A., Madrid (España)

Título original francés:
"POUR REDIGER CORRECTEMENT LE COURRIER ..."

IMPRESO EN ESPAÑA
PRINTED IN SPAIN

ISBN: 84-283-1134-X (3a edición)

Depósito Legal: M-25868-1981

 Magallanes, 25 - MADRID (15)          (4-3034)

ALCO, artes gráficas. Jaspe, 34 - Madrid-26

# JUSTIFICACION DE LA EDICION ESPAÑOLA

En su edición original francesa, la idea de este libro surgió principalmente ante la dificultad de expresión oral y escrita demostrada por la mayoría de los estudiantes de asignaturas comerciales.

Asimismo, el escaso tiempo dedicado a esta disciplina en los programas de estudios llevó al autor a suplir tal dificultad con la publicación de un libro, sobre todo muy práctico, cuyo fin primordial fuera:

1.º Mediante una explicación adecuada y reiteradamente expuesta, **eliminar** las faltas más corrientes, proponiendo las expresiones apropiadas a cada caso.

2.ª Por el empleo de sinónimos, **enriquecer** el vocabulario utilizado tanto oralmente como en la escritura, para evitar disonantes y monótonas repeticiones.

Idéntico problema se presenta en el uso comercial del español, pródigo y rico en sinónimos como el que más, aunque lamentablemente aletargados por ese ritmo atropellado y veloz de hoy que nos fuerza a hablar y a escribir con un estilo más pobre que sobrio, más desdibujado que conciso, haciendo nuestras frases innecesariamente largas y complicadas, inexpresivas, faltas de fuerza y vigor, enmarañadas: se escribe y se habla **mucho** para no decir **nada** o **casi nada.**

En la adaptación al castellano de la obra de Mandoune hemos procurado ceñirnos al lenguaje más directo, práctico y actual, sin eludir por ello frases o vocablos tradicionales.

Las cuatro partes en que se divide el libro han sido redactadas siguiendo un criterio de utilidad práctica y sin mayores complicaciones gramaticales, suprimidas intencionadamente de esta obra cuando ha sido posible.

La edición española pretende servir de ayuda eficaz para los profesores que expliquen a sus alumnos el modo de hablar y escribir con la pulcritud debida, sobre todo comercialmente.

También ha sido metódicamente expuesto para que los autodidactas puedan valerse de este texto sin dificultades y hasta con agrado: a lo largo de su contenido hemos tenido la constante preocupación de excluir cuanto pudiera resultar árido y poco asequible para ellos.

EL EDITOR

# INDICE

## Primera parte
## LA CORRECCION EN EL VOCABULARIO

## Segunda parte
## LA CORRECCION GRAMATICAL

## Tercera parte
## ENRIQUECIMIENTO DEL VOCABULARIO (SINONIMOS)

## Cuarta parte
## APLICACIONES PRACTICAS

PRIMERA PARTE

# LA CORRECCION
# EN EL VOCABULARIO

## LENGUAJE CORRIENTE AL QUE NO SE PRESTA ATENCION

| INCORRECCIONES | EXPLICACIONES |
|---|---|
| El **asunto** no es cosa nuestra. | Vicio del lenguaje hablado: a fuerza de emplear la palabra **asunto** para todo, llega a tener un sentido despectivo. |
| Hemos **trabajado** con su firma desde hace más de veinte años. | Inexacto. No hemos sido "compañeros de trabajo". Diga más bien: |
| Esperamos no tener que llegar **a eso.** | Muy impreciso y vulgar. Deberá escribirse: |
| No nos **toca** pagar los gastos de devolución. | Escríbase: |
| Nuestro negocio **marcha** bien actualmente. | Es cierto que la palabra **marcha** denota idea de desenvolvimiento, en sentido figurado. Aunque se emplee al hablar, debe sustituirse en una carta comercial por otras expresiones, como: |
| Espero que **la cosa** se arreglará bien próximamente. | El mismo vicio de lenguaje hablado que explicamos más arriba en la incorrección "asunto". |
| Nuestros materiales son muy resistentes. Hagan ustedes las pruebas que indican y verán que no **chascan.** | **Chascar,** además de estar mal empleado en este caso, se aplica sin ton ni son para indicar que determinado material puede fallar, romperse, resquebrajarse, etc. Debe precisarse más, de acuerdo con los siguientes ejemplos: |
| El aparato de radio que nos enviaron es defectuoso: **ganguea** bastante. | La metáfora **ganguea** es expresiva, indudablemente, pero demasiado familiar. |

## CORRECCIONES PROPUESTAS

— Somos ajenos a este tipo de transacciones.
— No se nos puede imputar este error.
— Este caso concreto no es de nuestra responsabilidad.

---

— Nuestras relaciones comerciales con su firma datan de antiguo.
— Excelentes relaciones comerciales nos han ligado a su firma desde hace muchos años.

---

— Confíamos en que tal eventualidad no se produzca.

---

— Tenemos por norma no hacernos cargo de los gastos de devolución de mercancías.
— No pueden atribuirnos tales gastos, por tratarse de un error suyo.

---

— Nuestra fabricación ha aumentado considerablemente.
— El volumen general del negocio es mucho mayor de lo que esperábamos.
— El resultado obtenido sobrepasa todos nuestros cálculos.

---

— Confío en que mutuamente encontraremos una solución favorable para nuestro problema.
— Espero que podamos solucionar satisfactoriamente estas diferencias.
— Estoy seguro de que llegaremos a un acuerdo amistoso ante la situación planteada.

---

— Nuestro material resistirá las pruebas que ustedes indican y no sufrirá alteraciones.
— ... no se deformará.
— ... no ofrecerá fallos.

---

— Este aparato de radio tiene ininterrumpidamente un ruido de fondo muy extraño.
— ¿Será algún fenómeno de parásitos? Tiene un ruido constante muy molesto.

| INCORRECCIONES | EXPLICACIONES |
|---|---|
| Ustedes proponen una solución diferente a la nuestra y por ello debemos **ahondar la cuestión.** | Expresión exagerada de la que no se debe abusar en el lenguaje escrito. |
| Nos hemos descuidado, y ante la proximidad de las fiestas de Navidad nuestras existencias son insuficientes: ¿podrían **echarnos una mano?** | Sin duda alguna, quien escribe así se encuentra en un apuro; no obstante, por muy expresiva que sea la frase, no es acertado escribir **echar una mano,** si deseamos conservar cierta elegancia en el estilo de nuestra correspondencia. |

## LENGUAJE DEMASIADO DIRECTO

| | |
|---|---|
| La expedición ha sido hecha en condiciones inmejorables, minuciosamente controlada por nuestros servicios. No tienen ustedes **razón alguna** en su reclamación. | En una carta comercial hay que mimar la susceptibilidad del cliente. Aunque no tuviera razón, esta frase no es delicada. Nunca escribiríamos: **usted miente,** sino: creo que está **usted en un error.** Por tanto, **no tienen razón alguna,** se diría así: |
| Estamos **muy descontentos** de su forma de cumplir nuestras instrucciones. | El descontento debemos exponerlo siempre con cautela. Diga, por ejemplo: |
| Si ustedes no nos atienden como es debido, nos dirigiremos a **otros proveedores.** | Es bastante ordinario amenazar a un proveedor haciéndole ver que nos pondremos en contacto con otro competidor. |
| Sus precios son muy elevados; nos consta que otras firmas **ofrecen condiciones más ventajosas.** | Demuestre a su proveedor que sigue usted al día los precios en vigor, pero no aluda jamás a la competencia. |

14

## CORRECCIONES PROPUESTAS

— Vamos a examinar de nuevo esta cuestión.

— Estudiaremos con el mayor interés la solución que nos propone y aceptaremos su sugerencia si nuestras posibilidades lo permiten.

— Vamos a someter esta cuestión a un estudio más detallado.

---

— ¿Serían tan amables de ayudarnos en situación tan urgente?

— ¿Les sería posible atender nuestras necesidades inmediatamente?

— ¿Sería factible por su parte el envío urgentísimo de los artículos más corrientes?

— Les aseguramos que en este caso su reclamación es infundada.

— Nos será fácil demostrar a ustedes que sus reclamaciones son injustificadas.

— Podemos probarles con toda clase de argumentos que no hay lugar para formular esta reclamación.

---

— Su envío no ha sido de nuestro agrado.

— Su remesa no responde en nada a lo que esperábamos.

— Sentimos no haber quedado satisfechos en esta ocasión.

---

— Sería lamentable tener que emprender otro tipo de gestiones.

— De no ser atendidos satisfactoriamente, nos veríamos obligados a tomar otras disposiciones.

— En defensa de nuestros intereses, tendríamos que recurrir a otros sistemas.

---

— Han llegado a nuestro poder tarifas de precios sumamente ventajosas para calidades similares.

— Precisamente acabamos de recibir condiciones muy interesantes para artículos de la misma calidad.

15

| INCORRECCIONES | EXPLICACIONES |
|---|---|
| Sólo concedemos estas ventajas (descuentos u otros privilegios) a **aquellos clientes que nos pasan importantes pedidos.** | Desacertado: no todos los clientes pueden comprar fuertes cantidades. No se debe decir al cliente modesto que sus órdenes son insignificantes. Todo comprador es muy respetable y debe ser tratado con la misma deferencia. |
| No tenemos **bastantes fondos** para hacer grandes compras. | Es de buen gusto hacer alusión a la idea del **dinero** sin mencionar esta palabra. |
| Tenemos **que pagar** a nuestros proveedores sin más dilación. | La frase es correcta, pero puede ser sustituída por otra más elegante. |
| Nos permitimos insistir porque **tenemos necesidad de este dinero** para pagar a nuestros proveedores lo más pronto posible. | Expuesta así nuestra necesidad, damos la impresión de solicitar un crédito. |
| Nosotros **pagaremos su viaje** para ayudarle en este negocio. | Frase más desgraciada aún que las anteriores. Si se pretende destacar un gesto amistoso, hay que exponerlo con toda discreción. |
| Un alumno cursa una petición de empleo. Espera con impaciencia una respuesta y exige en su carta: "Sírvase **contestarme a vuelta de correo".** | Aunque la palabra **sírvase** compensa un poco el significado imperativo de la frase, parece que se está dando una orden, a pesar de todo. |

## CORRECCIONES PROPUESTAS

— Sentimos muy sinceramente no poderles otorgar el descuento del 2 % que solicitan; sólo se aplica a pedidos que excedan de (indicar una cifra), ya que nuestros gastos generales no permiten hacerlo cuando se trata de cifras inferiores a las señaladas.
— Nuestro margen de beneficios es tan reducido que solamente podemos conceder este descuento a partir de un pedido superior a ...

---

— Nuestras disponibilidades no nos permiten este tipo de compras.
— El estado actual de nuestra tesorería...
— Nuestros recursos financieros están actualmente invertidos...
— Nuestras posibilidades económicas tienen un límite y...

---

— Tenemos pendientes fuertes compromisos de pago.
— Debemos hacer frente al pago de efectos aceptados por sumas importantes.

---

— Veríamos con agrado que ustedes respondieran a nuestro llamamiento para liquidar esta importante suma.
— Es de todo punto necesario recurrir a nuestras disponibilidades para cumplir con ineludibles compromisos de pago.
— Me veo precisado a liquidar fuertes sumas a mis proveedores, por cuya razón me permito insistir cerca de ustedes para cancelar el saldo actual a mi favor.

---

— Le ofrecemos el viaje a nuestro cargo.
— Sería para nosotros muy agradable hacernos cargo de los gastos de este viaje.
— Los gastos de desplazamiento serán sufragados por nosotros a guisa de colaboración.

---

— Me agradaría conocer cual es su respuesta a mi petición.
— ¿Sería mucho pedir que me contestara lo más pronto posible?

## IMPROPIEDADES

| INCORRECCIONES | EXPLICACIONES |
|---|---|
| Conocemos muchísimo al señor Canales. Es un **viejo** cliente. | Empléese el término apropiado que corresponda exactamente a lo que se quiera decir. ¡No se trata de la edad del señor Canales! |
| Si este pedido **le apremia,** haremos lo imposible por complacerle. | En esta acepción, el verbo **apremiar** es intransitivo y no requiere el pronombre. |
| Para atenderle, vamos a **dar el máximo empuje** a la fabricación de las mesas solicitadas. | El sentido literal de **empujar** es: hacer avanzar materialmente algo. La idea puede ser correcta, pero mal expresada. Diga, pues: |
| Un poderoso aislante protegerá sus habitaciones del clima **frío** o **caliente** y del ruido. | Nada tiene que ver el clima en este caso. Además, se debe hablar del calor por oposición al frío. Nos estamos refiriendo a la temperatura ambiente, a la **aclimatación** de un recinto. |
| Nuestra casa está situada en una calle **de paso.** | De paso quiere decir, según la Academia de la Lengua, "al ir a otra parte... al tratar de otro asunto, sin detenerse". Corríjase de esta forma: |
| Le formulo una **pequeña** reclamación sobre un **pequeño** error que se ha producido. | La frase demuestra que se quiere atenuar exageradamente una falta, un error; el adjetivo **pequeño,** en esta ocasión, confiere un sentido de amabilidad y hasta de timidez que no es adecuado en comercio. Háblese de una reclamación **sin mayor importancia,** de un **ligero error,** evitando naturalmente la repetición. |
| Al dirigirse a un proveedor, el alumno escribe: "Hágame el **gran favor** de contestar a vuelta de correo". | Ruego exagerado. Véase la observación del ejemplo anterior. |

## CORRECCIONES PROPUESTAS

— El Sr. Canales es un cliente muy antiguo.
— ... es cliente nuestro desde hace muchos años.
— ... nuestras relaciones con este cliente son tradicionales.

---

— Si este pedido requiere una entrega urgente...
— Si tiene urgente necesidad de estos artículos...
— Si este pedido debe ser ejecutado con toda urgencia...

---

— Vamos a dar la máxima preferencia a la fabricación de estas mesas.
— Daremos el mayor impulso posible a la fabricación de este material.

---

— ... protegerá sus habitaciones contra el frío, contra el calor...
— ... mantendrá sus habitaciones a una temperatura ideal (u óptima).

---

— Nuestra casa está situada en una calle concurrida (céntrica, de mucho tráfico).
— Nuestros locales radican en una calle secundaria comercialmente.
— La calle donde residimos es de poca importancia comercial.

---

— Me permito hacerle observar un ligero error.
— Debemos señalarle que se ha producido un error sin importancia.
— Se ha deslizado un leve error.

---

— Tenga la amabilidad de...
— Sería tan amable de...
— Cuento de antemano con su amabilidad.

| INCORRECCIONES | EXPLICACIONES |
|---|---|
| Con motivo de la Feria de Muestras de nuestra Ciudad, podemos ofrecerle artículos a precios **muy bajos.** | Evite el adjetivo **bajo** al hablar de precios: se corre el riesgo de menospreciar el artículo. |
| Hemos aplicado precios **sensacionales, insuperables.** | Adjetivos manoseados de los que tanto se viene abusando. Escriba así: |
| A causa de su escaso **pecunio** no podrá realizar sus proyectos. | La mayoría emplea el nombre **pecunio** en masculino cuando en castellano se dice **pecunia;** o bien se habla de **peculio,** en masculino, naturalmente. Existe el adjetivo **pecuniario** perteneciente al dinero efectivo. Veamos las correcciones adecuadas a este ejemplo: |
| El Sr. Juárez posee una fortuna **en consecuencia;** goza de una excelente situación financiera. Sus pedidos son **muy consecuentes.** | Leemos con harta frecuencia las locuciones **en consecuencia, consecuente,** como sinónimo de **excelente, poderoso, de acuerdo con la importancia.** Lo que se quiere decir es: |
| Estamos extrañados de no haber recibido **nuestro pedido** del 15 del pasado mes de mayo. | No se espera el pedido. En realidad, nos referimos a una carta con una orden de pedido; no deseamos recibir esta carta, sino los artículos en ella solicitados. Diremos entonces: |
| Nuestro departamento, magníficamente **montado,** le ofrecerá un gran surtido de lanas. | No interesa en este caso que los departamentos estén bien o mal **montados;** queremos destacar que están magníficamente surtidos, abastecidos. |
| Deseamos informarles que por el mal estado de la carretera, los camiones y el conductor están **accidentados.** | Ante todo, no se debe nombrar un objeto antes que a una persona. Además, esta persona no está **accidentada,** sino que ha sido víctima de un accidente. |

20

## CORRECCIONES PROPUESTAS

— a precios excepcionales.
— a precios módicos o muy razonables.
— a precios moderados o muy alambicados.

---

— ... sumamente interesantes.
— ... aplicados excepcionalmente a estos artículos.

---

— Dificultades financieras, dificultades pecuniarias, no le permiten arriesgarse en este tipo de compras.
— Su pecunia (palabra un tanto familiar que debemos evitar) no le permite en la actualidad...
— Su peculio es de poca cuantía y dudamos que pueda...
— El Sr. Juárez goza de una situación financiera privilegiada y su fortuna es considerable.
— Sus recursos financieros son muy potentes.

---

— Nos ha confiado pedidos de mucha importancia.
— Las órdenes de pedidos que nos confía están en consonancia con su gran capacidad financiera.

---

— No hemos recibido los artículos objeto de nuestro pedido del...
— Los artículos comprendidos en mi orden de pedido del...
— Los artículos solicitados por mi carta-pedido de fecha...

---

— Nuestros departamentos, magníficamente surtidos...
— Nuestros almacenes, dotados de abundantes existencias...
— Los numerosos y variados artículos de nuestro departamento...
— La extensa gama de artículos que ofrece nuestro departamento...

---

— El conductor ha sido víctima de un accidente de carretera y el camión ha sufrido grandes desperfectos.
— Nuestro conductor acaba de sufrir un accidente de tráfico, aunque afortunadamente no ha sido grave. Los daños materiales del camión han sido muy considerables.

| INCORRECCIONES | EXPLICACIONES |
|---|---|
| Les rogamos **acordar** el descuento prometido. | **Acordar** se emplea corrientemente (es un galicismo) como sinónimo incorrecto de **conceder, otorgar.** Corrija así la frase: |
| Se facilitará una lista de obreros **abstencionistas** por enfermedad. | Palabra frecuentemente mal aplicada. Esta locución quiere decir que alguien es partidario de la abstención en política. Escriba, por tanto: |
| La disposición **funcional** de los distintos departamentos hará más agradable nuestro local. | Todo va siendo "funcional" hoy: el trabajo, la forma de un mueble, el rendimiento de un escaparate, la disposición de espacios, etc. Hay que buscar términos más adecuados, como en estos ejemplos. |
| Algunos alumnos demuestran no conocer el sentido de la frase "sin solución de continuidad" empleándola en s i g n i f i c a d o opuesto al que se desea expresar: "La reunión se celebró sin **solución de continuidad,** por lo que se teme que **no llegue a buen fin".** | **Solución de continuidad** quiere decir precisamente interrupción o falta de continuidad. El alumno escribe todo lo contrario al expresar equivocadamente el temor de que la reunión no **llegue a buen término** por haberse celebrado "sin solución de continuidad". Veamos la aclaración: |
| Los zapatos **llamados** sólidos no han dado resultado y mis clientes han formulado numerosas quejas. | Quienes emplean esta forma, lo hacen generalmente como traducción del "soi-disant" (*) francés. Las locuciones correctas serían: |
| Hemos tenido el gusto de **establecer** relaciones con este nuevo cliente. | **Establecer** es fundar, ordenar o mandar, según la Academia. |

(*) Supuesto... del llamado, etc. (invariable).

## CORRECCIONES PROPUESTAS

— Confiamos en que nos otorguen el descuento prometido.
— Esperamos que nos concedan el descuento que nos ofrecieron.
— Contamos con el descuento que ustedes nos ofrecieron espontáneamente.

---

— Será presentada una lista de obreros ausentes por causas de fuerza mayor.
— La lista de obreros forzosamente ausentes por enfermedad será...

---

— La nueva disposición de nuestro departamento...
— Una disposición más moderna de nuestros departamentos...
— Hemos estudiado una distribución más adecuada a nuestras necesidades.

---

— La reunión se celebró sin solución de continuidad, y por ello se pudo discutir todo el programa previsto.

---

— Los zapatos que usted calificaba de sólidos...
— Los zapatos cuya solidez nos garantizaba...
— Los zapatos que usted denominaba sólidos...

---

— Hemos tenido el gusto de iniciar relaciones con este nuevo cliente.
— Nos ha sido grato entrar en relaciones con este nuevo cliente.

## INCORRECCIONES

Se **puso de relieve** la falta de preparación del nuevo empleado.
La fabricación de este nuevo producto **puso de relieve** numerosos defectos.

---

Dudamos entre **varias alternativas:** no hacer la expedición hasta que dispongamos de nuestros camiones o realizarla a través de la agencia que ustedes nos señalan.

---

Ustedes están **ignorantes** de lo que viene sucediendo.

---

**Vista** la actitud de la sociedad...
**Visto** el desarrollo de los acontecimientos...

---

Nos **excusamos** por no haber contestado antes a su carta.

---

¿Debemos dar preferencia al **"yo"** o al **"nosotros"**?

## EXPLICACIONES

Aparte de ser un galicismo y, por tanto, inaceptable, el empleo de esta locución ha hecho olvidar otras más expresivas y correctas. Veamos:

---

Una alternativa encierra la idea de opción entre dos cosas, dos posibilidades. Huelga, pues, su empleo en plural.

---

Evítese esta forma de advertir a alguien que desconoce un asunto. Parece que se le acusa de descuido, de atención y hasta de inteligencia.

---

Este empleo de **visto** o **vista** al principio de una frase, debe dejarse para asuntos jurídicos, textos oficiales o administrativos.

---

. Es todo lo contrario. Quien nos tiene que excusar es la persona cuya carta no hemos contestado todavía.

---

Indudablemente, debemos emplear "yo" si se trata de una gestión personal o cuando el interesado es único propietario de un negocio; pero, en general, es preferible utilizar "nosotros" si hablamos o escribimos en nombre de una empresa o de un grupo. En política, en literatura, en arte, un escritor puede hablar o escribir con el término "nosotros", haciéndose eco del sector intelectual al que pertenece.

## CORRECCIONES PROPUESTAS

— La falta de preparación del nuevo empleado se hizo patente.
— En este nuevo producto se observaron numerosos defectos de fabricación.
— La fabricación en serie de muebles hizo ver nuestras posibilidades de aumento de producción.
— El proceso de fabricación introducido hace unos meses reveló grandes posibilidades de aumentar la producción.

---

— Dudamos ante esta alternativa: no hacer la expedición hasta que ... o ...
— Nos encontramos ante la alternativa siguiente: o esperar ... o ...

---

— Nos consta que ustedes no están informados de lo que viene sucediendo.
— Sabemos que no están ustedes al corriente de lo sucedido.
— Ustedes no han tenido ocasión todavía de informarse sobre...

---

— Teniendo en cuenta la actitud de la sociedad...
— Como consecuencia del desarrollo de los acontecimientos...
— Ante la perspectiva de un descenso en las ventas...

---

— Les rogamos disculpen nuestra demora en contestar a su carta...
— Confiamos en que sabrán excusar nuestro retraso...

---

— Le aseguro que consideraré como estrictamente confidencial el informe que me facilite.
— Nos agradaría conocer su opinión lo más rápidamente posible para que nuestra empresa pueda obrar en consecuencia.
— Nuestra sociedad trata de cumplir siempre escrupulosamente con sus compromisos.
— Nuestras actividades no nos permiten estudiar el proyecto que usted desea.

## PALABRAS O CONCEPTOS TRIVIALES

| INCORRECCIONES | EXPLICACIONES |
|---|---|
| Reconocemos nuestra falta de celo y tomamos las medidas necesarias para que la **cosa** no vuelva a producirse. | Evítese el empleo de palabras tan inexpresivas como **cosa**, a las que se recurre constantemente por la pereza de no buscar el vocablo preciso. |
| Contestamos al anuncio que ustedes han **puesto** en el periódico... | Si nos referimos a informaciones concretas, como en este caso, deberemos escribir: |
| Es un tablero **que tiene** gran espesor. Es un libro **que tiene** un texto muy interesante. El aparato **tiene** mucha potencia. Las estanterías **tienen** de 30 a 40 metros. | El verbo **tener** es un verdadero "panacea". Lo aplican para todo quienes no se esfuerzan en encontrar la palabra apropiada. Peligroso es el abuso de la locución **que tiene**, por la monotonía que lleva consigo. |
| Le **hago** un descuento para compensarle del retraso en la entrega de estos materiales. Le hago esta concesión por una sola vez. Le hago estas aclaraciones... Le hago tales preguntas porque... Le hago este precio por tratarse de usted. Hemos hecho grandes beneficios en este ejercicio. | El verbo **hacer** es también una tabla de salvación para los carentes de imaginación. Aunque el idioma hablado permita una mayor indulgencia para este verbo, hay que sustituirlo en el escrito por otros más directamente relacionados con lo que se quiere exponer. |

## CORRECCIONES PROPUESTAS

— Un hecho parecido no se volverá a producir.
— Tendremos sumo cuidado en que un error semejante no vuelva a ocurrir.
— Tomaremos las medidas necesarias para impedir que este hecho se produzca de nuevo.

---

— El anuncio que ustedes han publicado en el periódico...
— Contestando al anuncio aparecido en...
— En contestación al anuncio insertado en la sección "Trabajo", del periódico...

---

— Es un tablero de un espesor muy considerable.
— El libro encierra un texto muy interesante.
— El contenido del libro es muy útil.
— Es un aparato de gran potencia.
— Las estanterías miden de 30 a 40 metros.

---

— Le propongo un descuento para compensarle del retraso...
— Esta concesión que le ofrezco se aplicará excepcionalmente.
— Formulo estas aclaraciones...
— Le pregunto todo ello porque...
— Fijamos estos precios en consideración a sus constantes pedidos.
— Los beneficios obtenidos en este ejercicio han sido importantes.

| INCORRECCIONES | EXPLICACIONES |
|---|---|
| Hemos recibido su carta de ayer, cuya contestación **le damos** seguidamente. | ¿Por qué emplear una locución verbal cuando el verbo **contestar** o **responder basta para expresar la idea?** |
| Con motivo de la inauguración de la sucursal número 2 **les expresamos** nuestra más sincera felicitación. | Se dice corrientemente. Sin embargo hay un término mucho más preciso: |

## PLEONASMOS

**Empleo de uno o más vocablos innecesarios para exponer una idea.**

Veamos algunas frases que corrientemente se dicen más o menos así:

| | |
|---|---|
| Sírvase **prevenirnos** antes de comenzar estos trabajos. | Basta con el verbo **prevenir** que de por sí denota antelación. |
| Hay que **prever de antemano** las consecuencias de esta decisión. | Igual sucede con **prever**. |
| Nuestro **predecesor**, que ocupaba este cargo **antes** que nosotros, dictó normas de producción muy concretas. | Si era nuestro predecesor, está bien claro que trabajaba antes que nosotros; por ello, huelga la proposición relativa de la frase. |
| Antes de decidirnos, desearíamos saber si es **posible** que **podamos** construir en este lugar. | Poder, posible, posibilidad, son ideas afines. Escriba, pues: |
| Nuestro surtido de trajes comprende todas las medidas para niños, **jóvenes adolescentes** y adultos. | Un adolescente sólo puede ser joven: la adolescencia es la edad que sucede a la niñez y llega hasta el completo desarrollo del cuerpo. (Definición del Diccionario de la Real Academia Española.) |

## CORRECCIONES PROPUESTAS

— Contestamos inmediatamente a su carta de ayer...
— Respondemos gustosos a su carta de ayer...
— En contestación a su carta de ayer...

---

— Les felicitamos muy sinceramente.
— Nuestra enhorabuena más cordial.
— Reciba nuestras felicitaciones más sinceras.

— Sírvase prevenirnos del comienzo de estos trabajos.

---

— Es necesario prever las consecuencias de esta decisión.

---

— Nuestro predecesor dictó estas normas, que hemos respetado.

---

— Antes de decidirnos, desearíamos conocer las posibilidades de construcción que ofrece este lugar.
— Nos gustaría conocer previamente si es posible construir en este terreno.

---

— Nuestro surtido de trajes masculinos abarca tallas para diferentes edades: niños, adolescentes y adultos.
— Nuestro departamento cuenta con trajes masculinos para niños, adolescentes y adultos.

| INCORRECCIONES | EXPLICACIONES |
|---|---|
| Reservaremos a **ustedes solos** la **exclusiva** de nuestra marca. | Si exclusiva es un privilegio de hacer algo prohibido a los demás, añadir **solos** a esta frase es superfluo. |
| Somos los **únicos** para **representar** en **exclusiva** los vinos de Jerez en América. | ¡Unicos, representar y en exclusiva! Ejemplo característico de varios pleonasmos. |
| Por **nuestra parte, nosotros** estamos dispuestos a resolver todos los problemas que nos plantean. | Una repetición innecesaria entre **nuestra parte** y **nosotros**. Expuesto de este modo se puede dar la impresión de que hay otra parte interesada que elude su responsabilidad. De no ser así, escriba: |
| Entre los colores que usted nos propone, **preferimos más bien** el de la referencia 189. En estas condiciones **preferimos más bien** abandonar el negocio. | El verbo es suficiente para indicar la preferencia. Sobra el modo adverbial **más bien**. |
| El precio es tan bajo, que en realidad este artículo se da **por nada**. | Por definición, una cosa que se da sería totalmente gratuita. La frase es vulgar, muy poco comercial. Diga: |
| **Todos, por unanimidad,** aceptaron las propuestas del director. | Por **unanimidad** ya demuestra la aceptación total de tales argumentos por los subordinados. Elimínese, por ello, el vocablo **todos**. |
| He tocado el tejido **con mis propias manos** y lo he visto **con mis propios ojos**. | Un vicio clásico de pleonasmos y de redundancia de palabras. |

## CORRECCIONES PROPUESTAS

— Concederemos a ustedes la exclusiva de nuestros productos.

---

— Les aseguramos que ustedes serán los únicos que podrán vender nuestros vinos en América.
— Venderemos los vinos de Jerez en exclusiva para toda América.
— Poseemos la exclusiva de venta de los vinos de Jerez para América.

---

— Estamos dispuestos a resolver todos los problemas que ustedes nos exponen.
— Los problemas sugeridos por ustedes serán resueltos rápidamente.

---

— De todos los colores ofrecidos, preferimos el de la referencia 189.
— Entre los colores propuestos, hemos elegido la referencia 189.

— Si fuera así, prefiero renunciar al comercio.
— En este caso, opto decididamente por suspender todas mis actividades.
— Las circunstancias me aconsejan abandonar el negocio.

---

— Con un precio tan bajo reconocerá que este artículo es casi un regalo.
— Hemos realizado un esfuerzo tan considerable, que el precio de este artículo es irrisorio.

---

— Los Delegados aceptaron unánimemente los argumentos del presidente.
— Los argumentos expuestos fueron aceptados por unanimidad.

---

— Efectivamente, yo mismo toqué y vi el tejido de que usted me habla.
— (Unido el adjetivo mismo al pronombre personal yo, confiere más energía a aquello que se quiere decir con firmeza.)

## FRASES VULGARIZADAS POR EL USO

### INCORRECCIONES

**Tenemos el honor** de informarle que a partir del mes de diciembre hemos trasladado nuestras oficinas a la siguiente dirección:

**Nos cabe el honor** de informar a ustedes que nuestro agente señor Martín les visitará la próxima semana.

---

**Tenemos el gran placer** de facilitar a usted las nuevas tarifas de precios que entrarán en vigor a partir de primero de enero próximo. Observarán que el porcentaje de aumento es mínimo.

---

**Sentimos informar** a ustedes que ya no es preciso efectuar el reajuste de tarifas, por lo que no se llevará a cabo el ligero aumento de precios previsto en nuestras conversaciones.

### EXPLICACIONES

No representa ningún honor el simple cambio de domicilio. La palabra **honor** tiene un sentido muy profundo que, en estilo comercial, sólo puede ser empleada en casos muy especiales; por ejemplo, en la expresión "hacer honor a sus compromisos" porque refleja una idea de lealtad o de caballerosidad. Aborde su información directamente, sin adornarla inútilmente con tal locución.

---

Tan vicioso es el uso de ciertas frases, que llamamos "un placer" al alza de unos precios.

---

Hay que tener cuidado en el empleo de las frases "tener el gusto", "sentimos manifestarles", etc., a las que únicamente debemos recurrir cuando en verdad reflejen una situación agradable o desagradable.

## PALABRAS QUE EXPRESAN EXAGERADAMENTE UN SENTIMIENTO

**Estamos desolados** ante la idea de que nuestro envío pueda llegar con algunos días de retraso.

Son ejemplos de palabras que sólo deben de tener aplicación en una carta comercial cuando el motivo lo requiera verdaderamente.

---

Pueden suponer **nuestra consternación** por no haber contestado antes a su carta.

**Estamos maravillados** de la prontitud con que han enviado nuestro pedido.

En el mundo de los negocios, ciertos proyectos o realidades sufren estos impedimentos o contrariedades; un hombre de negocios, por lo tanto, no puede estar continuamente **desolado, consternado, maravillado.**

## CORRECCIONES PROPUESTAS

— Sírvase tomar buena nota de que a partir de primero de diciembre nuestras oficinas serán trasladadas a...

— Durante la semana próxima, nuestro agente Sr. Martín tendrá el gusto de visitarles.

---

— Facilitamos a ustedes las nuevas tarifas que entrarán en vigor a partir de primero de enero. Los actuales costes de producción nos han obligado a un ligero aumento en los precios.

---

— Debemos informarles que, afortunadamente, no ha sido preciso efectuar el reajuste de tarifas previsto en nuestras conversaciones, evitando así el ligero aumento de precios, siempre desagradable.
— Será agradable para ustedes conocer que ya no es necesario efectuar el reajuste de tarifas y el ligero aumento de precios previsto en nuestras conversaciones.

— Sentiríamos que por circunstancias imprevistas recibieran ustedes nuestro envío con algún retraso.

---

— Tengan la certeza de que nuestro deseo fue contestar en seguida a su reclamación.
— Estamos realmente satisfechos de la prontitud con que han remitido la expedición objeto de nuestro pedido.
— Les agradecemos muy sinceramente su rapidez en este envío.

| INCORRECCIONES | EXPLICACIONES |
|---|---|
| Un buen empleado **debe sentir con toda su alma** el progreso de la empresa donde trabaja. | Exagerada metáfora. Basta con sentirlo de verdad, sinceramente. |
| Le rogamos disculpen los **enormes** errores de nuestro nuevo empleado. | Nada se justifica calificando estos errores de **enormes**. Al tratarse de un nuevo empleado, pueden deslizarse algunas equivocaciones; pero una empresa nunca podrá depender de que un empleado cometa enormes errores. En este caso, la dirección de la empresa sería totalmente responsable, o más bien **irresponsable,** por tolerarlos. |
| No podemos admitir la **horrible** calidad de estos materiales. | **Horrible** es igualmente un adjetivo demasiado duro en términos comerciales. Además, no se podría hablar de calidad, si fuera realmente horrible. Veamos algunas modificaciones: |
| Los guantes y bufandas enviados nos han gustado **enormemente**. | Las palabras **enorme, enormemente,** que encierran idea de grandiosidad, se usan corrientemente para calificaciones tan limitadas como la de este ejemplo: |
| Le quedaríamos **infinitamente** agradecidos si pudiera adelantar algunos días su viaje. | **Infinitamente, sin fin,** a todas luces exagerado como en el ejemplo anterior. |

## CACOFONIAS

**Repetición frecuente de unas mismas letras, sílabas o sonidos**

| | |
|---|---|
| Ya **que**, créame, no **que**brantamos estas normas. | Lea esta frase en alta voz y comprobará su cacofonía. |
| Aun**que** los ana**que**les sean **pe** queños... | Observación similar. |
| Hemos recibido su carta en la **que** nos indican **que** ya han tomado las medidas necesarias para evitar **que** se produzcan nuevas anomalías. | Observación similar. |

## CORRECCIONES PROPUESTAS

— Un buen empleado debe interesarse por el progreso de la empresa donde trabaja.

— Todo buen empleado debe preocuparse de...

— ... debe, en conciencia, sentirse orgulloso del progreso de la empresa donde presta sus servicios.

---

— Les rogamos disculpen los errores inevitables de este nuevo empleado.

— Tengan la seguridad de que, una vez impuesto de su labor, este nuevo empleado no volverá a cometer los errores que se han producido últimamente.

---

— La calidad de estos materiales es tan deficiente que nos resistimos a emplearlos.

— No podemos admitir calidad tan mediocre para materiales de este precio.

— No nos hacemos cargo de materiales cuya calidad es de dudosa calificación.

---

— Los guantes y bufandas enviados nos han gustado mucho.

— Verdaderamente, la presentación de los artículos enviados nos ha sorprendido agradablemente.

---

— Le quedaríamos muy agradecidos si...

— Nos prestaría un gran servicio si...

— Facilitaría mucho nuestra labor si...

---

— Tengan presente que no podemos alterar las normas dictadas...

— Aunque las estanterías resulten pequeñas...

— Hemos recibido su carta confirmándonos las medidas adoptadas para evitar nuevas anomalías.

| INCORRECCIONES | EXPLICACIONES |
|---|---|
| Los zapatos de baile son tan solicitados en estos días que será necesario recibirlos sin más dilación. | Frase recargada excesivamente de "eses" y "ces". |
| Desde el día de hoy se quedará usted de encargado de nuestro Departamento de Deportes. | Obsérvese la frecuencia de la letra "de" en esta frase. |
| Es regla muy rigurosa que está establecida desde hace mucho tiempo. No podemos enviar más revistas que las previstas. | Encuentros muy duros de sonidos iguales que por desgracia se repiten a menudo en la correspondencia comercial. |
| Es esperar demasiado tiempo para un presupuesto tan modesto. | Observación similar a la anterior. |
| Confío en que por parte de usted no habrá problema de ninguna clase. | Evítese la repetición de consonancias análogas. |

## CORRECCIONES PROPUESTAS

— Ante la demanda actual de zapatos de baile, rogamos el envío inmediato de este modelo.
— Ante la demanda considerable de este tipo de zapatos, le ruego su envío inmediato.
— Las ventas de los modelos recibidos son tan halagüeñas, que le agradecería adelante el envío de los zapatos solicitados.

---

— A partir de hoy quedará usted encargado de la Sección "Deportes".
— Desde hoy se le nombra encargado de la Sección...

---

— Son reglas muy formales establecidas hace muchísimo tiempo.
— No podemos enviar mayor número de revistas que el fijado de antemano.

---

— Supone esperar demasiadas fechas para un presupuesto de tan poca importancia.

---

— No habrá problemas tratándose de usted.
— Estoy seguro de que con usted no habrá problema alguno.

SEGUNDA PARTE

# LA CORRECCION GRAMATICAL

## CONTRUCCION DE LA FRASE

### INCORRECCIONES

Alguien quiere dar a entender que desea cierta prioridad en la ejecución de su encargo, y alegando su condición de cliente desde hace numerosos años, escribe así:

**Siendo** asiduo cliente, **ustedes** podrían enviarme estos artículos antes de la fecha prometida.

### EXPLICACIONES

Construcción defectuosa y harto repetida en cartas comerciales.

Retengan bien esta regla (1):

Si se inicia la frase con un participio presente, éste debe relacionarse con el primer sujeto que se escriba a continuación en la frase (ejemplo número 1 de las correcciones propuestas).

Lea de nuevo la frase incorrecta.

Observará que **"siendo asiduo cliente"** parece relacionarse con "... **ustedes podrían"** que se refiere a su proveedor.

Proponemos como más coordinadas las frases de la corrección número 2.

---

**Esperando** una respuesta favorable, reciban nuestros saludos más cordiales.

Dos faltas graves se recogen en esta fórmula de despedida tan vulgarizada:

1.º **Falta de sintaxis: esperando, en espera,** se refieren a la persona que escribe; "reciban", a las personas que reciben la carta.

Para que la frase sea gramaticalmente correcta, debemos respetar la regla antes expuesta relacionada con el participio.

**"Esperando una pronta respuesta, les saludo "**

**"En espera de su pronta respuesta, les envío mis saludos más cordiales."**

---

Confío **en su total aprobación** de este asunto y en esta espera, les saludo muy atentamente.

2.º **Falta de tacto.**—Aunque las frases fueran gramaticalmente correctas, deben de evitarse, porque parece que supeditamos nuestros saludos a la aprobación del asunto.

---

(1) Recomendamos la lectura de cuanto sobre el empleo del gerundio expone Martín Vivaldi en su obra "Curso de redacción" (Paraninfo).

## CORRECCIONES PROPUESTAS

1. — Siendo un asiduo cliente, confío en que podrán enviarme...
   — Siendo cliente suyo desde hace mucho tiempo, espero que podrán dar cierta prioridad al envío...

2. — Teniendo en cuenta (aquí damos carácter impersonal a esta consideración) mi condición de antiguo cliente, estoy seguro de que podrán servir el pedido con cierta preferencia.
   — Confío en que Vds. tendrán en cuenta mi condición de asiduo cliente y...
   — Confío en beneficiarme de un descuento especial, teniendo en cuenta mi condición de asiduo cliente.

---

1. — Confío en obtener una respuesta favorable y les envío mis cordiales saludos.
   — Estamos seguros de que Vds. nos contestarán favorablemente y les agradecemos de antemano su atención. Reciban un atento saludo.

2. —En esta espera, les saludamos como siempre muy atentamente.

---

— No dudo de su atención acostumbrada y me es grato enviarles mis saludos más atentos.
— Espero su contestación y mientras tanto, les saludo muy cordialmente.

SUPEDITAR, sobre todo para obtener una ventaja, no es comercialmente un signo favorable ni de cortesía, ni de tacto, ni de habilidad.

| INCORRECCIONES | EXPLICACIONES |
|---|---|
| Mi despacho de productos de belleza está situado muy cerca de un salón de peluquería, cuyo propietario vende los mismos perfumes **que yo tengo**. | Muy mal explicado. Parece que se quiere establecer una comparación entre los perfumes que se venden en la peluquería y los de uso personal.<br>La idea es muy confusa. Expóngala así: |
| El propietario del vecino salón de peluquería vende perfumes **de su** catálogo. | Peculiaridad del error a que se presta en español el empleo del posesivo "su". Debe cuidarse especialmente de que quede siempre bien claro a quién atribuimos este posesivo. Comercialmente, es motivo de grandes confusiones. |
| Puede ser que ustedes **juzgan** más interesante para el futuro la compra de artículos al por mayor. | Después de los subordinados **"quizá, puede ser, es probable, etc."**, debe recurrirse al subjuntivo. |
| La decisión final corresponde **exclusivamente sólo** al director. | La redundancia es vicio normal en ciertas frases comerciales. En este ejemplo, si la decisión tiene carácter "exclusivo", es obvio reforzar la frase con la palabra "sólo". |
| El convenio colectivo fija las condiciones de trabajo por **sus cláusulas**. | La colocación de los complementos en la frase goza de gran libertad en castellano. Sin embargo, esta misma libertad refleja muchas veces una idea muy equivocada de lo que se quiere reforzar o aclarar en la frase.<br>Sitúelo generalmente a continuación del sujeto si este complemento encierra una idea-base. |
| Han sido previstos cursos preparatorios de exámenes de Bachillerato **por las tardes**. | He aquí otro defecto de construcción. Por la situación incorrecta del complemento en la frase, no sabemos si los cursos se dan por las tardes o si los exámenes se celebrarán a esa hora. |
| Sentimos manifestarles que se ha producido un alza en todos estos artículos **actualmente**. | Coloque siempre el adverbio lo más cerca posible de aquellas locuciones a las que modifique, sobre todo tratándose de verbos. |

42

## CORRECCIONES PROPUESTAS

— ... vende los mismos perfumes que yo.
— ... su renglón de ventas de perfumería es igual al mío.
— ... vende en su negocio los mismos perfumes que yo recibo para la venta.

---

— El propietario del vecino salón de peluquería vende perfumes que figuran en el catálogo de ustedes.
— ... este señor vende también los perfumes que ustedes ofrecen.
— En el establecimiento contiguo al mío se venden también los perfumes de ustedes.

---

— Es bien posible que ustedes juzguen más interesante para el futuro de sus ventas...
— Puede que ustedes estimen más conveniente...
— Quizá piensen ustedes en una compra...

---

— La decisión final corresponde exclusivamente al director.
— La decisión final es de la incumbencia del director.

---

— Por sus cláusulas, el convenio colectivo fija las condiciones de trabajo.
— Las condiciones de trabajo han quedado fijadas por las cláusulas del convenio colectivo.
— El convenio colectivo, por sus cláusulas, fija las condiciones de trabajo.

---

— Han sido previstos, por las tardes, cursos preparatorios para exámenes de Bachillerato.
— Para los exámenes de Química, han sido previstos cursos preparatorios que tendrán lugar por la tarde.

---

— Sentimos manifestarles que se ha producido actualmente un alza en el precio de estos artículos.
— Debemos informarles. que, actualmente, se ha producido un aumento en el precio...

43

## PALABRAS DE COORDINACION O COHESION

| INCORRECCIONES | EXPLICACIONES |
|---|---|
| Hemos recibido su carta **en la que** nos solicitan el envío de muestras. Recibimos su carta de ayer ofreciéndonos **regalos de** niños. | El uso incorrecto de ciertas preposiciones es notoria, particularmente en aquellos casos en que intervienen las preposiciones "de" y "en". |
| Pagaremos todos estos gastos **a la mayor brevedad** posible. | Son abundantes las incorrecciones que se cometen en el empleo indebido de la preposición "a". En esta frase se debe escribir la preposición "con". Según definición de la Academia, significa "el medio modo o instrumento que sirve para hacer alguna cosa". |
| Nuestros almacenes serán trasladados a la calle Mayor, **frente al** Ayuntamiento. | Recordemos que se dice siempre **enfrente del, enfrente de la** o bien **frente al o frente a la.** |
| Nuestro Delegado de Ventas irá el lunes para Barcelona y presentará a ustedes nuestra colección. | Otro defecto característico: se dice **ir a** (indica dirección) y no **ir para,** en el caso de movilidad o desplazamiento. La única excepción admitida por la Academia es en el sentido: **ir para viejo.** |
| Nuestros envíos responden a las muestras que les sometimos previamente y es **por esta razón por lo que** no comprendemos sus reclamaciones. La entrega efectuada corresponde exactamente a lo prometido y esta es la razón por la cual... | "Es... **por lo que**". Forma copulativa muy pesada, de indudable influencia gala, que complica innecesariamente la claridad de la franse. Además, cuando no se domina el arte de ligar frases, basta con emplear un punto seguido para evitar estas expresiones tan plúmbeas. |
| Remítanos los artículos devueltos **porque, en efecto,** nuestra reclamación es injustificada. | Ejemplos de locuciones de coordinación desacertada que, por añadidura, son una repetición de ideas o casos de pleonasmo. |

## CORRECCIONES PROPUESTAS

— Hemos recibido su carta por la que nos solicitan el envío de muestras.
— Hemos recibido su carta solicitándonos...
— Acabamos de recibir su carta de ayer ofreciéndonos la venta de regalos para niños.

---

— Pagaremos en breve plazo todos los gastos ocasionados.
— Haremos efectivo el importe de todos los gastos con la mayor brevedad posible.
— Les prometemos que todos estos gastos serán satisfechos próximamente.

---

— Nuestros almacenes serán trasladados a la calle Mayor, enfrente del edificio del Ayuntamiento.
— La semana próxima trasladaremos nuestros almacenes, frente al Ayuntamiento.

---

— Nuestro Delegado de ventas, partirá el lunes para Barcelona.
— El lunes próximo, nuestro Delegado de ventas partirá con destino a Barcelona.
— Nuestro Delegado de ventas irá a Barcelona el lunes próximo.

---

— Nuestros envíos corresponden exactamente a las muestras que previamente les sometimos. Por esta razón, no comprendemos...
— Nuestros envíos se ajustan a sus deseos, por lo cual no comprendemos...
— Nuestra entrega es correcta. Por ello, no comprendemos...

---

— Remítanos los artículos devueltos porque nuestra reclamación no era justificada.
— Una vez devueltos los artículos objeto de su reclamación, examinaremos...

## INCORRECCIONES

Devuelvan los artículos enviados y **posteriormente después de que** obren en nuestro poder examinaremos si sus protestas están justificadas.

---

**En efecto,** hemos podido terminar la edición que anunciábamos en nuestro boletín de información del pasado mes.

---

**A pesar de que voy,** no me espere para cambiar impresiones acerca de la compra del terreno para nuestra filial en Barcelona.

---

Haremos cuanto esté a nuestro alcance **de manera que** lleguen los paquetes dentro del plazo previsto.

---

Estoy de acuerdo con el descuento otorgado; la mercancía no ha llegado todavía.

---

**Preferimos** remitir el envío por ferrocarril **que** por correo.

## EXPLICACIONES

Debemos suprimir en esta frase uno de los términos de cohesión.

---

Muchas veces se empieza una frase por "en efecto" (que es locución de coordinación) sin que se justifique en modo alguno esta idea con la anteriormente expuesta. Recúrrase a ella únicamente cuando se quiera establecer una relación de causa con la frase precedente.

---

Es un modo adverbial que generalmente quiere decir **en contra de la voluntad de alguien o de algo.**

En la frase del ejemplo, el interesado parece expresar que se desplaza a Barcelona sin ganas, en contra de su voluntad, cuando en realidad lo que ha querido exponer es otra idea. Veamos:

---

Aquí nos proponemos un logro, un fin. Como la expresión **de manera que** tiene varios significados, es preferible sustituirla por otra más concreta: **con objeto de, con el fin de que** (más ligada siempre a un subjuntivo).

---

Aquí, sin embargo, falta el elemento de coordinación (aunque, pero, etc.), que se ha intentado eliminar erróneamente con el empleo del punto y coma.

---

Si se recurre al verbo preferir seguido de un infinitivo y a título de sustitución o de preferencia como el propio verbo indica, debemos escribir las locuciones **en lugar de, en vez de** y nunca el relativo **que.**

## CORRECCIONES PROPUESTAS

— Procedan a devolver los artículos que no son de su agrado y seguidamente examinaremos su reclamación...

---

— Como ya anunciábamos en nuestro boletín del mes pasado, la edición del libro "París" ha sido terminada.
— Para aclarar su consulta, debemos informarle que, en efecto, hemos podido terminar la edición que anunciábamos en nuestro boletín...

---

— Aunque voy definitivamente a Barcelona, no me será posible cambiar impresiones con usted.
— Aunque iré a Barcelona, no me será posible entrevistarme con usted.
— No obstante mi viaje a Barcelona, no podremos cambiar impresiones, ya que dispongo de un tiempo muy limitado.

---

— Haremos cuanto esté a nuestro alcance con objeto de que los paquetes lleguen en la fecha prevista.
— Haremos todas las gestiones posibles para que reciban los paquetes.
— Recurriremos a cuanto sea preciso, con el fin de que los paquetes...

---

— Estoy de acuerdo con el descuento otorgado, pero los artículos no han llegado aún.
— No hay nada que objetar al descuento otorgado; sin embargo, todavía...
— El descuento que me anuncia es correcto, pero sigo sin recibir...

---

— Preferimos enviar esta expedición por ferrocarril en vez de hacerlo por camión.
— Es preferible hacer el envío por ferrocarril en lugar de remitirlo por correo.

## EL PRONOMBRE

| INCORRECCIONES | EXPLICACIONES |
|---|---|
| Hemos decidido adquirir esta máquina que pueden **enviárnosla** el próximo mes de febrero. | En esta frase se ha usado un verbo pronominal sin necesidad alguna. El abuso de los pronombres suele ser defecto muy arraigado. |
| Para **asegurarse** de que todo estaba en regla, **nosotros hemos** comprobado el balance. | **Nosotros,** como sujeto de la oración, requiere la misma forma en el complemento del sujeto, es decir: **"asegurarnos".** |
| Los envíos que ustedes efectúan **los** controla minuciosamente un empleado de nuestro almacén. | Uso innecesario del pronombre "los". Quedaría más claro y conciso de esta manera: |
| Todos los modelos del pasado año **los** hemos incluido en el muestrario y **los** hemos mezclado con las últimas creaciones. | Doble repetición del pronombre que recarga excesivamente la frase. El abuso del pronombre "lo" es muy corriente a pesar de que puede suprimirse fácilmente. |
| Se encuentra en Madrid el antiguo director de la Sociedad DIR, **que** ha iniciado sus gestiones comerciales con varios fabricantes. | Es el endémico mal en nuestro idioma que se viene llamanda "queísmo" (1). El pronombre relativo "que", cuando se usa de forma incorrecta, se presta a grandes confusiones. En esta frase, no sabemos si el director es quien ha comenzado sus gestiones o la Sociedad DIR directamente. |
| Hemos recibido la visita del Delegado de la firma DIR, hermano de nuestro director, **que** ha salido para Barcelona. | Tampoco sabemos quién ha salido para Barcelona. ¿El delegado de la firma DIR? ¿Su hermano, el director? |

(1) Véase el interesante tema sobre el "queísmo" de la obra que ya hemos señalado anteriormente, "Curso de redacción" (Martín Vivaldi. Paraninfo).

## CORRECCIONES PROPUESTAS

— Hemos decidido adquirir esta máquina, que pueden enviar el próximo mes de febrero.

— Ya hemos decidido adquirir esta máquina. Pueden hacer su envío el próximo...

— De acuerdo con su oferta, ha sido aceptada la compra de la máquina y pueden enviarla el próximo...

— Para asegurarnos de que todo está en regla, hemos comprobado cuidadosamente el balance.

— Un empleado de nuestro almacén controla minuciosamente todos los envíos que ustedes efectúan.

— Todos los envíos efectuados por ustedes, son controlados escrupulosamente por uno de nuestros empleados.

— Hemos incluido en el muestrario todos los modelos del año pasado y figuran entremezclados con las últimas creaciones.

— Los modelos del año pasado también han sido incluidos en el muestrario y van entremezclados con las últimas creaciones.

— Se encuentra en Madrid el antiguo director de la Sociedad DIR, el cual ha iniciado sus gestiones comerciales con varios fabricantes.

— Hemos recibido la visita del Delegado de la firma DIR, hermano de nuestro director. Nuestro visitante salió inmediatamente para Barcelona.

## INCORRECCIONES

Estos artículos **de los que les** habíamos pedido a ustedes cantidades importantes, no son de nuestro agrado.

Nos sorprende recibir un muestrario, cuyo muestrario no hemos solicitado en ningún momento.

Estos artículos cuestan veinticinco pesetas **cada.**

## EXPLICACIONES

¡No puede darse mayor abundancia de pronombres! Contrariamente a los casos anteriores, en esta ocasión podemos salvar fácilmente tal error con el empleo del relativo "que".

Incorrección generalizada incluso en personas que se precian de escribir correctamente. "Cuyo" relaciona dos nombres distintos y en su carácter de posesivo concierta, no con el poseedor, sino con la cosa poseída.

Aunque afortunadamente no es muy usual, algunas veces se dice o se escribe así en determinadas regiones de España o en países de lengua española, olvidándose de que "cada" es un adjetivo que forzosamente ha de ir acompañado de un nombre. El modo adverbial apropiado es **cada uno,** o sea, una persona o cosa individualmente considerada.

## EL ADVERBIO

Los clientes reclaman **constantemente** el nuevo modelo. **Diariamente** hemos escrito a ustedes en este sentido y **verdaderamente** no sabemos a qué atribuir su silencio.

Este proyecto ha sido rechazado y **reanudaremos de nuevo** todos nuestros estudios para ultimar otro proyecto completamente distinto.
**Volvemos** a estudiar **nuevamente** el proyecto rechazado.

Se leen a menudo en una frase repetidos adverbios terminados en "mente". Recuérdese que si van seguidos, sólo debe darse la terminación "mente" al último de ellos. Si están colocados en la frase de forma alterna, pueden sustituirse con facilidad por otras palabras. Veamos algunos ejemplos:

El modo adverbial "de nuevo" es superfluo cuando intenta modificar verbos como: **reanudar, reaparecer, recuperar,** etc.
En este segundo ejemplo, la locución **volver a** ya quiere decir de por sí "nuevamente".

50

## CORRECCIONES PROPUESTAS

— Estos artículos, que pedimos a ustedes en cantidades importantes, no son de nuestro agrado.
— Estos artículos, solicitados a ustedes en cantidades importantes...

---

— Nos sorprende recibir un muestrario cuyo envío no hemos solicitado.

— Fue una sorpresa para nosotros recibir su muestrario, cuyo envío no ha sido solicitado.

---

— Estos artículos cuestan veinticinco pesetas cada uno.
— El precio de estos artículos es de veinticinco pesetas unidad.

— Los clientes reclaman constantemente el nuevo modelo. En este sentido hemos escrito a ustedes a diario y, en verdad, todavía no sabemos a qué atribuir su silencio.
— Los clientes nos reclaman a diario el nuevo modelo. Por esta razón, hemos escrito a ustedes reiteradamente y todavía no sabemos a qué obedece su falta de noticias.

---

— Este proyecto ha sido rechazado y reanudaremos todos nuestros estudios para realizar un segundo proyecto.
— El proyecto ha sido rechazado y estudiaremos nuevamente todos nuestros datos para presentar otro de características distintas.
— Volveremos a estudiar el proyecto rechazado y les someteremos próximamente otro nuevo.

## INCORRECCIONES

El nuevo empleado se ocupa de redactar toda la correspondencia de nuestros departamentos de control, expedición, ventas y otros, **correctamente.**

---

**Realmente,** es **mucho** .más práctico presentar a **menudo** nuevos modelos ya que, **en verdad,** el público, **sobre todo,** a principios de temporada, es **bastante** exigente.

## EXPLICACIONES

Este adverbio califica sin duda la pulcritud con que el empleado redacta la correspondencia de los distintos departamentos; pero la colocación de la palabra **correctamente** dentro de la frase está tan alejada del verbo **redactar,** que pierde su vigor, su función como tal adverbio.

---

Un último ejemplo del abuso de adverbios o modos adverbiales en una misma frase. Aunque su empleo estuviera en parte justificado, podemos eliminar alguno de ellos.

## EL VERBO

Nosotros queríamos rogarles que estos paquetes **vinieran** mejor embalados y esperamos que en el futuro **tendrán** menos peso porque su manejo es más fácil, según nos señala nuestro jefe de almacén.

Hemos sentido que los cuadernos no figurasen en catálogo, pues tendrían mucha aceptación si ya **estaban** a la venta.

Si aceptásemos estas condiciones **tenemos** seguramente problemas con nuestra clientela.

Hemos huído deliberadamente de extensas reglas gramaticales, por lo cual sólo expondremos algunos ejemplos del descuido con que se mezclan los distintos tiempos de los verbos en una misma frase. La tendencia de hoy, sobre todo en correspondencia comercial, es eliminar el uso de diversos tiempos en la frase, sustituyéndolos por infinitivos o por nombres. En literatura, esta tendencia es todavía más pronunciada.

Además, la falta de concordancia entre los tiempos de los verbos complica innecesariamente la claridad de muchas frases, en particular las comerciales.

El primer tiempo (que denota una condición hipotética) requiere siempre el condicional en la proposición subordinada.

## CORRECCIONES PROPUESTAS

— El nuevo empleado redacta y escribe correctamente toda la correspondencia de...

— Consideramos más práctico la presentación frecuente de nuevos modelos. A principios de temporada, es lógico que el público exija novedades.

— Juzgamos necesario recibir estos paquetes perfectamente embalados. Según indicación de nuestro jefe de almacén, en el futuro deben tener un volumen y peso más reducidos, para mayor facilidad en su manejo.
— Aspiramos a recibir estos paquetes en perfectas condiciones de embalaje, con un volumen y peso más reducidos. Según nuestro jefe de almacén, con este sistema será más fácil manejarlos.

— Es de lamentar la eliminación de los cuadernos de su nuevo catálogo. Estamos seguros de su buena acogida por parte del público y de las grandes posibilidades de venta de estos cuadernos.

— Si aceptamos (o aceptáramos estas condiciones), seguramente tendríamos problemas con nuestros clientes.
— De aceptar estas condiciones, seguramente tendremos problemas con...
— Si damos nuestra aceptación a estas condiciones, inevitablemente surgirán problemas con...

## INCORRECCIONES

No **admitimos** que estos aumentos **fueran** introducidos en su catálogo, pues con seguridad nuestros clientes **anulaban** inmediatamente los pedidos.

---

Como las fiestas se aproximan y este artículo **sería** muy solicitado en tales fechas, desearía que me hicieran el envío en el plazo más breve posible.

---

**Será** muy útil que ustedes **vinieran** a verificar este aparato.

Si ustedes **vinieran** a verificar este aparato, **será** de mucha utilidad su comprobación.

---

Recibimos ahora los paquetes que **esperábamos llegarían** hace unos días.

Si **habría** sido así, las ventas **podrían** ser mucho mayores.

---

Aunque **llegaré** con retraso, confío que no les **causaré** demasiado trastorno.

## EXPLICACIONES

Todo lo que suponemos, o tenemos que se deriva de la acción **admitir**, se expresa en esta frase en incorrectos tiempos de verbo.

---

¿Por qué escribir el tiempo "sería" en condicional, cuando sabemos que el artículo tiene gran demanda? Como se trata de una realidad conocida, dígalo en presente: "es".

También, si nuestro deseo es real, habrá que decir "deseo que me hagan" o sea, **ya**, o **en un futuro inmediato**.

---

Nos encontramos con diversos ejemplos en los que se mezclan los tiempos "condicional", "futuro" y "subjuntivo" sin ninguna ordenación.

---

Téngase en cuenta que el **futuro** requiere el presente de subjuntivo. El imperfecto de subjuntivo obliga al empleo del condicional o, en algunos casos, al presente de indicativo.

---

Quien escribe esta frase ha querido decir que, en caso de un **probable** retraso, espera no causar demasiadas molestias.

Es, por lo tanto, una idea condicionada y subordinada. No afirma que se retrasará sino que apunta esta posibilidad. Si la objeción se expone como un hecho posible, requiere el presente de subjuntivo, sobre todo cuando va precedido de adverbios como, **aunque, cuando, si bien**, etc.; si es real, se empleará el presente de indicativo. Veamos los ejemplos correctos:

## CORRECCIONES PROPUESTAS

— Nos cuesta trabajo admitir la inclusión en su catálogo de estos aumentos, que tendrán como consecuencia inmediata la eliminación de muchos pedidos pendientes.

---

— Las fiestas se aproximan y este artículo es muy solicitado en tales fechas. Por ello, deseo que me hagan el envío rápidamente.
— Con motivo de las próximas fiestas, este artículo tiene gran demanda. Les agradeceré, pues, que hagan el envío cuanto antes.

---

— Será muy interesante que ustedes vengan a verificar este aparato.
— Sería muy útil que ustedes vinieran...

---

— Nos llegan ahora los paquetes esperados hace días. Si se hubieran recibido antes, el volumen de ventas habría sido más elevado.

---

— Aunque llegue con retraso, espero que no les causaré demasiados trastornos.
— Temo que llegue con algún retraso y confío que con ello no trastornaré demasiado sus planes.
— AFIRMATIVO: Llego con retraso por causas ajenas a mi voluntad y espero no causarles demasiadas molestias.

| INCORRECCIONES | EXPLICACIONES |
|---|---|
| Le **agradeceré** que me envíe a vuelta de correo su adhesión a este acuerdo. | El futuro empleado supone una orden. Es preferible usar el condicional que atenúa un poco el giro imperativo de la frase. Es más elegante en las relaciones comerciales, para no dar la impresión de ordenar o exigir. |
| No deben ustedes preocuparse en absoluto: se pagaron todas las letras a su vencimiento. Se **destruyeron** todas las muestras inservibles. | Evítese en lo posible la construcción llamada de pasiva refleja. Ejemplos: |
| En los departamentos de archivo **han sido colocados** armarios especiales para la clasificación de los expedientes de carácter confidencial. Los muebles **están** fabricados de madera y **se ha dispuesto** un sistema de cierre segurísimo. | Igualmente debemos evitar el abuso de la voz pasiva, que es pesado, particularmente de forma tan continuada en una misma frase. Es defecto muy acusado en español, principalmente en trabajos de traducción. Preferimos la forma activa: |
| Después de laboriosas gestiones **hemos llegado a establecer y firmar un acuerdo.** | Exceso de verbos en la frase. La forma activa directa diría: |
| La diferencia de precios, de calidades, de presentación, **ocasionan** grandes perjuicios. | Si el sujeto de la frase va en singular (la diferencia) el verbo también ha de ir en su tiempo de tercera persona de singular, a pesar de los complementos y de su número. |

— Le agradecería que me enviase a vuelta de correo su adhesión a este programa.
— Sería muy útil que nos enviara su adhesión inmediatamente.

---

— No se preocupen: hemos pagado todas las letras a su vencimiento.
— No deben preocuparse lo más mínimo: hicimos el pago de las letras a su vencimiento.
— Todas las muestras inservibles fueron destruidas.
— Destruimos todo el muestrario.

---

— En los departamentos de archivo existen armarios especiales para los expedientes de carácter confidencial.
— Estos armarios son de madera y cuentan con un sistema...

---

— Tras laboriosas gestiones, firmamos un acuerdo...
— Después de laboriosas gestiones, se firmó el acuerdo...

---

— La diferencia de precios... ocasiona...

TERCERA PARTE

# ENRIQUECIMIENTO DEL VOCABULARIO

**Forma de evitar repeticiones,
valiéndose de los sinónimos.**

## OBSERVACION PRELIMINAR

Advirtamos, ante todo, que no hay sinónimos perfectos, es decir, palabras que ofrezcan en todo momento la misma significación o valor expresivo. Sin embargo, en la práctica de la correspondencia comercial, hay numerosos términos que pueden sustituir a otros sin alterar para nada el sentido de lo expuesto en la frase; antes bien, refuerzan o aclaran la idea.

Además, una misma idea puede expresarse con frases diferentes, con vocablos sinónimos.

El término o la frase propuestos e impresos en negrita, pueden ser sustituidos por los equivalentes que figuran al margen.

Puede recurrirse al Diccionario si el sentido o matiz de una palabra no está suficientemente claro.

## 1. CORRESPONDENCIA GENERAL

| | |
|---|---|
| ¿Tendría la **amabilidad** de contestarme inmediatamente? | **bondad, cortesía, atención** |
| Hemos **recibido** su carta de ayer y le agradecemos su atención. | **Obra en nuestro poder.** <br> **Acusamos recibo de...** <br> **Poseemos su carta...** |
| Le agradecemos su **rapidez** en el envío de nuestro pedido. | **prontitud** <br> **celeridad** <br> **diligencia** <br> **brevedad** |
| Estamos **seguros** de que harán cuanto sea posible por complacernos. | **convencidos** <br> **persuadidos** <br> **ciertos** <br> **Tenemos la certidumbre** |

| | |
|---|---|
| Al **abrir** la correspondencia, **encontramos** su carta 5 del actual, junto con la lista de precios. | Entre la correspondencia de hoy<br>Acabamos de recibir<br>Acabamos de leer su carta |
| **Sírvase** disculparnos por haber **dejado sin contestar** el segundo párrafo de su carta. | Hemos olvidado contestar<br>Omitimos nuestra respuesta al<br>Sírvase disculpar nuestro lapso |
| Hay que **juntar** estas notas y archivarlas en su expediente. | agrupar<br>reunir |
| Recuerden que a su debido tiempo les hemos **hablado** de este hecho en nuestra carta... | ya dejamos constancia de<br>expusimos este hecho en<br>señalamos este hecho en<br>hemos mencionado este hecho en |
| Como resultado de nuestra **entrevista**, confirmamos a Vds. que hemos adelantado bastante nuestros proyectos. | reunión, conversaciones,<br>contacto personal<br>cambio de impresiones<br>intercambio de ideas |
| Les **invitamos** a nuestra reunión mensual, que se celebrará en el domicilio de nuestra sociedad (en nuestra razón social). | Les rogamos su asistencia a<br>Confiamos en poder saludar a<br>Vds. personalmente con motivo<br>Nos agradaría recibirles en |
| Comprobamos que han aceptado **amablemente** nuestras proposiciones. | sin reservas, espontáneamente<br>gustosamente<br>sin más objeciones<br>satisfactoriamente |
| Sírvase devolvernos, **después de su lectura**, la lista de inscripciones. | de su examen<br>después de haberla ojeado<br>una vez que haya tomado nota<br>una vez impuesto de su contenido |
| No queremos **ocultarles nuestro** disgusto. | dejar de exponerles<br>silenciar<br>disimular |

A partir del 1 de junio trasladaremos nuestras oficinas a unos locales **renovados** (1) y más **vastos** (2).

1) restaurados
   de nueva estructura
2) más amplios, espaciosos, holgados
   de mayor superficie

---

El **objeto** principal de nuestra tarea es ampliar el negocio.

objetivo, fin, propósito, intento, finalidad.

---

Vamos a **cambiar** la organización de nuestros servicios comerciales.

modificar, transformar, reorganizar nuestros servicios organizar de nuevo

---

**Informamos** a Vds. que nuestros locales permanecerán cerrados por vacaciones durante el mes de agosto.

advertimos, señalamos, notificamos, anunciamos, prevenimos, comunicamos

---

Vamos a **construir** en el terreno colindante a nuestra fábrica.

edificar
levantar nuevos edificios
erigir nuevas plantas

---

Nuestra Sociedad ha ampliado el **círculo** de sus actividades.

el campo, su campo de acción, la zona, la órbita, el ámbito

---

No he podido ampliar mis talleres. Circunstancias imprevistas han **trastocado** mis proyectos.

impedido, obstruido, interrumpido, desbaratado
se han opuesto a mis proyectos
han dado al traste con

---

No es conveniente **lanzarse a** (galicismo) un negocio sin pensarlo detenidamente.

comprometerse en
participar en
formar parte de un
iniciar, formalizar

---

Nos es grato someterle el proyecto **redactado** especialmente para usted.

elaborado, creado, preparado, hecho, realizado, ejecutado

---

Su presupuesto requiere un estudio **serio** por parte de nuestros servicios técnicos.

profundo, detallado, d e t e nido, minucioso, a fondo

El sistema que proponen, sin duda el más eficaz, merece ser **conocido**.

**difundido, divulgado, propagado,** ... **que se dé a conocer ampliamente**

---

Los beneficios de nuestra última campaña de ventas han aumentado en una proporción **notable**.

**considerable, importante, digna de atención, estimable**

---

Para nosotros, la rapidez en los envíos **es esencial**.

**Fundamental, primordial, capital, cuestión vital, de suma importancia**

---

No desearíamos aplicar este aumento sin **advertir** a nuestra clientela.

**informar previamente**
**prevenir**
**avisar anticipadamente**
**darlo a conocer antes**

---

Nuestra producción es suficiente por ahora para satisfacer la demanda, pero habrá que pensar **en aumentarla** próximamente.

**ampliarla**
**darle un nuevo impulso**
**desarrollarla, intensificarla**

---

Las condiciones **exigidas para** acogerse al sistema de compras a plazos figuran en el folleto que les enviamos ayer.

**requeridas, necesarias, formales**
**Las formalidades que regulan el...**

---

· La cuestión financiera que ustedes plantean no ha **sido ultimada**.

**estudiada aún**
**resuelta todavía**
**aprobada o rechazada hasta ahora**
**solucionada en un sentido u otro**

---

En cuanto a su petición de un descuento mayor, no olviden que hasta ahora han gozado de condiciones **muy ventajosas**.

**excepcionales, privilegiadas, muy favorables, superiores a las normales**

---

En condiciones tan precarias, nuestra industria no podrá **prosperar**.

**no será rentable**
**no podrá desarrollarse**
**no ofrecerá ventajas**
**no reportará beneficios**

Hemos hecho cuanto estaba en nuestras manos para **defender** los intereses de nuestros clientes.

**salvaguardar, proteger, favorecer apoyar por todos los medios considerar como propios**

---

**Dejamos a ustedes en libertad** para proceder como crean más conveniente. Su capacidad profesional está suficientemente probada.

**Quedan Vds. facultados para**
**Están autorizados**
**Cuentan con nuestra autorización**
**Son ustedes muy libres de**
**Tienen completa libertad**
**Tienen iniciativa propia**

---

No saben cuanto sentimos las inundaciones que han **arrasado** su región. Como ustedes bien dicen, tememos una gran crisis de venta en las próximas semanas.

**asolado, anegado, devastado (y no desvastado como escriben algunos).**

---

Se han producido graves acontecimientos: huelgas, inundaciones, una profunda crisis de venta. Por un momento, **temimos** (1) la adopción de medidas extremas. Gracias a la competencia y energía de nuestro Director, la situación **ha mejorado** (2). Ahora, afortunadamente, el **peligro** (3) **ha sido alejado** (4).

1) **pensamos en adoptar**
   **previmos**
   **estudiamos la posibilidad de**
2) **ha cambiado favorablemente**
   **ha evolucionado positivamente**
   **se ha normalizado**
   **se ha restablecido la normalidad**
3) **el riesgo ha desaparecido**
   **estas dificultades han sido salvadas**
4) **conjurado, desterrado, atajado, evitado, eliminado**

---

Adoptamos las medidas precisas para **no caer de nuevo** en estos errores que tanto nos perjudican.

**no tropezar nuevamente con**
**salvar estas dificultades**
**remediar definitivamente**
**superar estos obstáculos**

---

Es el medio **más seguro** de evitar tales reclamaciones.

**eficaz, justo, eficiente, adecuado, operante**

65

Nos permitimos **recomendar** la adopción de estas nuevas medidas, sin duda mucho más eficaces que el sistema seguido hasta ahora.

sugerir, insinuar, aconsejar, insistir en
hacer hincapié en

---

Recordamos a ustedes que el resultado final de esta operación va **ligado** a factores muy diversos.

va estrechamente unido
depende de
está muy relacionado
está vinculado a

---

Para **ganar** un tiempo precioso, les rogamos una pronta decisión.

Para evitar pérdidas de tiempo
Para no perder más días
Para evitar más demoras
Para no dejar transcurrir fechas
 inutilmente...

---

Le recordamos la importancia de nuestras últimas decisiones, asunto **del que ya les hemos hablado.**

que les expusimos verbalmente
del que les dimos cuenta durante nuestra entrevista
que fue objeto de nuestras conversaciones
sobre cuyo asunto ya hemos cambiado impresiones

---

Le ruego que me exponga **sus ideas,** seguro de que serán de mi interés.

sus intenciones, proyectos, consejos, sugerencias

---

Esta desagradable medida ha sido **dictada** por circunstancias independientes de nuestro deseo.

impuesta, originada, motivada,
ha nacido de...
es fruto de...

---

Realizadas nuestras averiguaciones hemos podido **penetrar** en el misterio de lo sucedido.

aclarar, descubrir, dilucidar, esclarecer
poner en claro, lograr una explicación

---

Hemos logrado unas condiciones favorables **gracias al señor** Pérez Ros.

por mediación del Sr.
por la intervención del
merced a la eficaz labor del
como consecuencia de las fructíferas gestiones del...
como resultado de la gestión personal del...

| | |
|---|---|
| Nos **hemos decidido** a imponer estas medidas por considerarlas muy urgentes. | **Hemos resuelto**<br>**Hemos dado paso a**<br>**Hemos introducido**<br>**Hemos adoptado**<br>**Nos hemos visto forzados a introducir** |
| Trataremos de hacer el envío en la fecha prevista, **pero** no podemos asegurarles nada todavía. | **; sin embargo, ...**<br>**; no obstante, preferimos no...**<br>**; aunque...; si bien...** |
| Nos esforzaremos en **satisfacer sus deseos.** | **en cumplir con**<br>**en acceder a**<br>**dar paso a**<br>**en acomodarnos a** |
| En **estas circunstancias**, no tenemos más remedio que aceptar sus condiciones. | **Ante coyuntura semejante,**<br>**En vista de la situación planteada,**<br>**Ante la realidad de los hechos,** |
| Es preciso que todos los colaboradores de la empresa **reúnan** sus esfuerzos para hacer el inventario anual lo más rápidamente posible. | **coordinen, unifiquen, agrupen, centralicen, asocien, aúnen** |
| Deseamos alcanzar cuanto antes los objetivos previstos y para ello **colaboraremos** con ustedes. | **uniremos nuestros esfuerzos a los suyos**<br>**cooperaremos al máximo con**<br>**llevaremos a cabo un esfuerzo común**<br>**brindamos a Vds. nuestra más entusiasta colaboración** |
| Efectivamente, para lograr este resultado, **su ayuda** nos será de gran utilidad. | **colaboración, apoyo, concurso, su eficaz intervención** |

| | |
|---|---|
| Hemos proyectado algunos **cambios** en los acuerdos referentes a su colaboración. | **algunas modalidades** **algunas variantes** **Tendremos que hacer algunas modificaciones...** **Seguramente llevaremos a cabo la revisión de alguno de los acuerdos...** |
| De esta garantía **quedan excluidos** los defectos causados por golpes. | **Esta garantía no cubre...** **no comprende** **no incluye** **Por esta garantía, no se responde de** |
| Este percance debía suceder **fatalmente.** | **irremediablemente** **necesariamente, forzosamente** **era inevitable, por fuerza, por necesidad** |
| No podemos precisarles más datos porque los problemas que plantea esta fabricación todavía **aparecen obscuros.** | **no están todavía claros** **están confusos** **no han sido localizados** **están lejos de resolverse** |
| Una decisión **demasiado rápida** ofrecería riesgo para la buena marcha de nuestro proyecto. | **prematura, precipitada, insuficientemente estudiada, apresurada** |
| Nuestro Director está ausente. Hoy mismo le hemos escrito exponiéndole cuanto usted solicita. Confiamos en que a vuelta de correo dará su **conformidad** a este asunto. | **su aprobación, aquiescencia, consentimiento, aceptación** |
| Debemos ser muy **astutos** en este negocio. | **cautos, prudentes, circunspectos, obrar con precaución, con reserva, con cautela** |
| Hacemos cuanto podemos para **merecer** su confianza. | **... ser dignos de...** **captar, atraer, gozar de** |

| | |
|---|---|
| Hemos **sometido** nuestro Departamento de Compras a una transformación general. | **Nuestro Departamento de Compras ha sido objeto de**<br>**Hemos llevado a cabo una...**<br>**Cambios fundamentales han sido hechos en** |
| Ciertos **hechos** nos hacen pensar en una mejoría notable de la situación. | **síntomas, indicios, acontecimientos, sucesos (sucedidos)** |
| Los poderes públicos **han examinado con atención** los problemas que atañen a nuestra industria. | **han estudiado detenidamente**<br>**se han ocupado activamente**<br>**han revisado a fondo** |
| La reunión ha estado dedicada principalmente al estudio de **los problemas** que preocupan en nuestra región. | **de la situación actual**<br>**de la coyuntura presente**<br>**de las soluciones para resolver las dificultades** |
| El Balance presentado por nuestra Contabilidad ha sido verdaderamente **halagüeño**. | **optimista, favorable, positivo, satisfactorio** |
| La decisión de nuestro Sindicato ha sido **causada** por los recientes acontecimientos. | **ha sido motivada**<br>**es consecuencia de**<br>**se deriva de** |
| Entre los problemas de la formación profesional, **el referente** a la mano de obra especializada es el más discutido. | **el relacionado con**<br>**el que atañe a**<br>**el vinculado con** |
| La abundancia de productos similares hace la lucha **difícil**. | **ardua, áspera, dura,**<br>**complica la lucha comercial** |
| La situación no es desesperada: es preciso **superar** los acontecimientos; les ayudaremos al máximo moral y materialmente. | **salvar los obstáculos actuales**<br>**adelantarse a los**<br>**hacer frente a** |

| | |
|---|---|
| Hemos tenido noticias **por casualidad** de los reveses que han sufrido en estos últimos tiempos, por lo que hasta ahora no hemos podido expresarles cuanto hemos sentido lo ocurrido. | **incidentalmente, fortuitamente** **por azar** |
| Les agradecemos la simpatía que ustedes nos **han demostrado**. | **manifestado, que ustedes nos hacen patente, que ustedes nos prueban** |

## 2. COMERCIO

**Expediciones. Compras. Ventas. Precios. Generalidades**

### EXPEDICIONES

| | |
|---|---|
| No hemos **podido hacer** a su debido tiempo la expedición que ustedes esperan. | **efectuar, proceder a** **dar curso a** |
| Circunstancias imprevisibles n o s impiden **enviar** las mercancías objeto de su pedido. | **expedir, remitirles, hacerles llegar...** |
| Hemos recibido los artículos **relativos** a nuestro pedido del 23... | **comprendidos en** **objeto de** **solicitados por** |
| Se **nos informa** que ha llegado hoy la expedición de jabón esperada desde hace dos semanas. | **Se nos comunica** **Se nos hace saber** **Nos avisan, nos señalan** |
| Hemos decidido recibir la expedición por ferrocarril, en vagones especialmente acondicionados para el transporte de artículos muy frágiles: este sistema es **más seguro**. | **evita (disminuye o reduce) riesgos** **elimina riesgos ya experimentados** **presenta una seguridad absoluta, ofrece garantía total** |

Los precios se entienden mercancía puesta en fábrica. Por ello, no podemos tomar a **nuestro cargo otros gastos y riesgos.**

**los gastos serán de cuenta de Vds**
**todos los demás gastos incumben**
**al comprador**
**cualquier otro desembolso va a cargo de nuestros clientes**
**No podemos asumir el pago de los restantes gastos que se produzcan**

---

Las mercancías nos han llegado **tan estropeadas** que su venta es prácticamente imposible.

**deterioradas, averiadas**
**en tal mal estado, en condiciones tan deplorables**

---

La expedición **debe tener salida el** 28 del mes actual como máximo.

**deberá efectuarse, debe partir, deberá ser hecha, se realizará**

---

Nevadas muy copiosas **han hecho cesar** el tráfico en las carreteras de nuestra provincia, por cuyo motivo la expedición sufrirá un considerable retraso.

**han interrumpido...**
**han interceptado el tráfico momentáneamente...**
**han dificultado, obstaculizado**

---

En cuanto a su reclamación, les advertimos que las tarifas de transportes **han sido fijadas** oficialmente.

**establecidas, impuestas, dictadas, decretadas oficialmente**

## COMPRAS

Ahora bien, si su pedido no se recibe antes del 15 del corriente, no podremos **aplicarles** estas condiciones especiales.

**concederles, otorgarles, beneficiarles con**

---

Si no **he comprendido mal** el sentido de su carta, usted podrá aceptar mis pedidos futuros en condiciones de descuento similares a las actuales.

**Deduzco de sus informaciones que...**
**He interpretado por su carta que**
**Del contenido de su carta se desprende que**

71

Estoy de acuerdo en ejecutar este trabajo, que **atañe de lleno** a nuestra fabricación.

que puede ser incluido en nuestro programa de fabricación
que se acopla (adapta) perfectamente a
que no difiere de
que no se aparta de

---

Sintiéndolo mucho, nos vemos obligados a **no aceptar** (1) su interesante oferta. Por circunstancias que ustedes ya conocen, no podemos **aumentar** (2) nuestras existencias **actuales.**

1) **a no tomar en consideración**
   **a tener que rechazar**
   **a desestimar**
2) **incrementar, sobrecargar, recargar, excesivamente**

---

Les agradeceré que me envíen a título condicional un surtido de camisas **destinadas a** un grupo de clientes elegantes.

que respondan al gusto de
que ofreceremos especialmente
de acuerdo con las exigencias

---

Acabamos de recibir su envío y les agradecemos su rapidez. Sin embargo, observamos **que han hecho una remesa extra** de abrigos que no habíamos solicitado.

incluido abrigos que
que han hecho, además, una remesa
que han añadido abrigos

---

Hemos examinado atentamente su proposición de contrato. Una vez estudiadas sus condiciones, descuentos y plazos de entrega, les confirmamos que estamos **de acuerdo.**

confirmamos a ustedes que podemos firmar el contrato cuando lo crean conveniente
que aceptamos la firma de este contrato sin más objeción
que estamos conformes con todas las cláusulas

---

Dadas nuestras relaciones de antiguo y **la constancia** en nuestras órdenes de pedidos, estimamos que tendremos cierta preferencia con relación a los demás clientes.

regularidad, asiduidad
nuestro constante envío de órdenes de pedido

---

Como consecuencia de todas las razones que acabamos de enumerar, les rogamos **suspendan** el envío de nuestro pedido.

rogamos dejen sin efecto, anulen
consideren como no recibido
supriman la expedición objeto de nuestro pedido

## VENTAS

Esperamos que ustedes hayan examinado ya nuestra proposición de venta y les rogamos nos indiquen si **desean adquirir** estos artículos.

si estos artículos son de su interés
si están interesados en confirmarnos su orden de pedido para estos artículos
si han decidido pasarnos sus instrucciones de pedido

---

No tenga la menor duda: puede pasarnos su pedido de lanas, ref. 998, en la seguridad de que **podremos seguir abasteciéndole** a medida de sus necesidades.

el suministro futuro de este artículo no quedará interrumpido
nuestros envíos futuros serán efectuados regularmente
en el futuro seguiremos suministrando esta lana sin dificultad alguna

---

Daremos curso a este pedido de acuerdo con nuestras condiciones generales de ventas, que ustedes **ya conocen.**

de que dimos a ustedes cuenta oportunamente
practicadas en ocasiones anteriores
de cuyo detalle están ustedes impuestos
aplicadas en operaciones similares

---

Para que ustedes estén más seguros, **les recordamos** el contenido de nuestra carta de ... relativa a nuestra oferta de juguetes.

... les confirmamos las condiciones estipuladas en...
Para mayor seguridad de ustedes, les reiteramos nuestra carta de fecha...
.. pueden basarse en el contenido de

---

Los entendidos en aparatos de radio **halagan** las cualidades de nuestra marca.

aprecian
destacan las ventajas de
estiman en todo su valor
ensalzan muy satisfechos

Su respuesta, demasiado **breve** (1) no precisa lo suficiente sus deseos.

Sírvase **indicar** (2) la referencia de los artículos y la forma de pago que usted prefiere.

) **lacónica, incompleta, demasiado concisa**

) **especificar, notificar, concretar, hacernos llegar**

---

Pensando en obrar acertadamente y con objeto de no retrasar sus ventas en esta época hemos sustituido la referencia 303 por un artículo **semejante**.

**similar, análogo, parecido, idéntico, equivalente**

---

Dificultades que **acaban de surgir** no nos han permitido ejecutar su pedido en la fecha señalada.

**inesperadas, imprevistas, insospechadas**
**que se han presentado súbitamente**
**con las que no contábamos**
**de última hora**

---

Nuestros vinos son **famosos** y tienen extraordinaria aceptación entre la industria hotelera.

**célebres, renombrados, reputados, universalmente conocidos**
**figuran entre los primeros en el mercado mundial**

---

Nuestros creadores han hecho un gran esfuerzo y en la temporada actual pueden ofrecer un **extenso surtido** de formas y colores de invierno.

**vasto conjunto, gran selección, variedad considerable, gama muy amplia**

---

La presentación de nuestros envases se ha cuidado extraordinariamente y los frascos **se ofrecen ahora** con un tipo de papel-tela muy lujoso.

**La presentación de los frascos ha sido mejorada ahora por**
**... van ahora envueltos en un**
**... y en su exterior, los frascos están ahora forrados con un**

---

Examinen con atención **los tipos** de zapatos enviados y apreciarán las mejoras introducidas en su acabado.

**ías muestras, los modelos, la selección, el conjunto, la gama**

No podemos enviar a ustedes los chalecos de lana ref. A-2. Este modelo está **pasado de moda** (1) y **hemos abandonado** (2) su fabricación.

1) **no goza ya del favor del público**
   **ha dejado de gustar**
2) **hemos suspendido**
   **hemos decidido no fabricarlos más**
   **... lo hemos eliminado de nuestra producción**

---

Por varias razones hemos renunciado a la fabricación de un artículo **tan engorroso**.

**... tan inadecuado a la moda actual**
**. que ya no responde a las exigencias del público**
**.. que ofrece tantas complicaciones y tan poco beneficio**

---

Para complacerles en sus deseos **vamos a darnos prisa** en la fabricación de este artículo.

**activar la**
**acelerar la**
**hacer el mayor esfuerzo en**
**adelantar al máximo la**

---

La demanda constante de nuestros clientes, **nos lleva a aumentar** la cadena de producción de nuestros talleres.

**nos obliga a intensificar la producción**
**·s fuerza a incrementar**
**hace necesaria una mayor producción**

---

En nuestro pabellón 87, sección A, de la exposición de muebles, estarán expuestos nuestros comedores complétos, **de cuidadosa terminación**.

**de terminación esmerada**
**de impecable presentación**
**muy cuidados y magníficamente rematados**
**con el mayor lujo de detalles**

---

Con motivo de las fiestas, fabricaremos una nueva clase de chocolate, cuyo **delicioso gusto** complacerá al más delicado.

**exquisito, sabroso**
**cuyo delicado gusto complacerá al más exigente**

Nuestra sección de alta perfumería dispone de una gama de productos, entre los que se encuentran los **más finos** perfumes.

**Fino** no da idea concreta de la cualidad que se quiere destacar.

Es preferible emplear los sinónimos siguientes: **suaves, penetrantes, ligeros, delicados, sutiles,** etc., según el matiz del perfume que se quiere ensalzar.

---

Por razones de orden técnico debemos **paralizar, por ahora,** la fabricación de estos bañadores.

**momentáneamente, hasta nuevo aviso**
**por el momento**
**suspender provisionalmente**

---

Hemos estudiado atentamente el procedimiento de fabricación de estas piezas, y si ustedes se deciden a poner en marcha su ejecución pondremos todos nuestros **conocimientos** a su disposición.

**experiencia, competencia, métodos, planes.**

---

Estimamos que para atraernos a esta clase de compradores, es necesaria una ejecución **muy esmerada** del producto.

**meticulosa, escrupulosa, refinada, impecable, perfeccionada al máximo**

---

Si aceptan una demostración a domicilio podrán **medir** las cualidades de nuestros aparatos.

**comprobar, apreciar, juzgar con conocimiento de causa, estimar la calidad.**

---

Uno de nuestros especialistas les mostrará una selección de artículos de viaje **propios para verano.**

**apropiados para la temporada estival**
**especialmente fabricados para la temporada de vacaciones**
**de acuerdo con las exigencias de la temporada de verano**
**que responde a la demanda en esta época del año**

La clase de comercio a que nos dedicamos, no nos permite adquirir los artículos que ustedes ofrecen.

que ejercemos
que explotamos
La naturaleza de nuestro comercio no nos...

Hemos recibido su carta y su orden de pedido de 5 del actual, cuya expedición se efectuará por entero.

que será cumplimentado en su totalidad (el pedido)
que será enviado urgentemente
al que daremos curso integramente

cuyos artículos, sin exclusión alguna, seguirán próximamente

De acuerdo con sus necesidades, podremos enviarles todas las piezas que nos solicitan. Estamos igualmente a su disposición para futuros pedidos.

para atender cualquier demanda futura
para responder a sus exigencias en cualquier momento
para atender sus futuras órdenes sin dilación

No podemos prometerles nada en concreto, ya que los plazos de entrega dependen de diversos factores.

circunstancias diversas
de particularidades del momento
de causas imprevisibles

Nuestra báscula "Centauro" presenta todos los perfeccionamientos de la técnica moderna.

ofrece, reúne, encierra, comprende

No se puede poner reparo alguno a la fabricación de estas medias. Nuestra calidad es realmente muy buena.

excelente, perfecta, impecable, irreprochable

Confiamos en que puedan ustedes dedicar algunos minutos al examen de nuestra colección.

reservar, consagrar, conceder, distraer algunos minutos de sus ocupaciones

Si alguna de estas piezas llama especialmente su atención, podríamos separarla (1) del lote general y retenerla (2) para ustedes.

1) Eliminarla de este lote
considerarla al margen
reservarla especialmente
2) ... y dejarla para su exclusiva adquisición
... y ponerla a su disposición en exclusiva

Durante su visita, nuestro representante tendrá sumo gusto en **anotar** su próximo pedido.

**hacerse cargo de**
**seguir sus instrucciones para un próximo pedido**
**tomar buena nota de sus próximas necesidades de nuestros artículos**

---

Somos los representantes de los productos "Maxy" y en Caracas **sólo nosotros realizamos su venta.**

**y ostentamos la exclusiva de venta en Caracas**
**y la exclusiva de venta es de nuestra incumbencia**
**y los vendedores en exclusiva para Caracas**

---

Algunos agentes de ventas **poco leales** han abusado de nuestra confianza y ofrecen productos de otras firmas.

**poco escrupulosos, delicados, honestos**
**poco conscientes de su responsabilidad**

---

Estamos muy satisfechos de nuestra campaña de ventas en América. Los pedidos han sobrepasado las cifras previstas y, además, **hemos entrado en relaciones** con nuevos clientes.

**hemos establecido contacto con nuevos clientes**
**hemos conseguido atraernos algunos nuevos clientes**
**hemos logrado relacionarnos con algunas nuevas firmas**
**hemos atraído la confianza de nueva clientela**

---

Nuestros servicios técnicos estudian los perfeccionamientos **más prácticos y modernos** para una organización adecuada de nuestro servicio de ventas.

**más eficaces y atrayentes**
**más actuales y revolucionarios**
**más en consonencia con una**

---

Seguimos sin obtener respuesta a nuestras observaciones del 1.º del actual. Por ello, nos vemos obligados a **diferir la expedición** hasta que nos confirmen su aprobación.

**a suspender cualquier envío**
**retener la expedición**
**retrasar la entrega**
**no efectuar la remesa**

Les agradecemos su orden de pedido ref. 927. La importancia del número de piezas solicitadas es tal, que **no estamos en condiciones de hacer el envío íntegro.**

que no podemos reducir de esta medida las existencias sin riesgo de interrumpir el suministro a otros habituales clientes

**que desearíamos saber si ustedes podrían autorizarnos a efectuar envíos parciales a cuenta de su pedido**

**que nos obliga a solicitar de ustedes autorización para fraccionar los envíos hasta completar la totalidad del pedido**

---

Después de esta interrupción de nuestras actividades, nos agradaría **tomar nuevamente contacto** con su firma.

**reanudar nuestras relaciones comerciales con ustedes**

**restablecer nuestras cordiales y antiguas relaciones con ustedes**

**entrar en contacto de nuevo**

**relacionarnos nuevamente**

---

Tenemos **la intención** de crear en nuestros almacenes un nuevo departamento de venta de artículos de alimentación.

**Nuestra idea es crear...**

**Estamos planeando la creación de...**

**Dentro de nuestros planes, existe el proyecto de crear...**

## GENERALIDADES

La firma a que ustedes se refieren figura **en un primer plano** entre el comercio de esta capital.

**en un lugar preponderante**

**entre las más acreditadas**

**goza del mayor prestigio**

---

**La atracción** de nuestros paisajes de montaña es tan grande que las instalaciones hoteleras actuales son insuficientes para alojar al creciente número de turistas.

**El esplendor, la belleza, la magnificencia**

**Las bellezas naturales de nuestras montañas son tan atrayentes que...**

---

El excelente resultado económico obtenido es superior a **todas nuestras esperanzas.**

**todas nuestras previsiones**

**cuanto esperábamos**

**todo pronóstico**

**los cálculos más optimistas**

Hay que tener en cuenta los capri-chos de la clientela.

> deseos, gustos, tendencias, nece-sidades, inclinaciones

Nosotros nos **hemos preocupado** siempre de las necesidades y gustos de la clientela.

> hemos seguido de cerca
> hemos tenido en cuenta
> hemos procurado seguir al día

Cada sucursal goza de una **independencia** absoluta.

> autonomía, libertad de acción, emancipación, iniciativa propia, autodeterminación

Hay que esforzarse en **unificar** la fabricación de artículos de utilidad práctica, con el fin de que nuestros productos tengan una venta más fácil y menos onerosa.

> uniformar, normalizar
> fabricar a un mismo nivel
> lograr la fabricación en serie

La crisis actual ha creado en nuestra zona una **profusión** de mano de obra.

> abundancia, plétora, un exceso de

Se trata de un sector lamentablemente abandonado por los fabricantes, y en los comercios se observa la **ausencia** de numerosos productos de primera necesidad.

> la falta total
> gran penuria, gran escasez
> una carencia total

Las dificultades con que tropieza nuestro comercio **hacen presentir** una peligrosa crisis.

> son augurio, son presagio
> presenta síntomas de
> son signos precursores de
> amenazan con desembocar en

## PRECIOS

El aumento ha sido tan brusco que los nuevos precios nos parecen **abusivos** en relación con los del año anterior.

> excesivos, exagerados, desorbitantes, demesurados

Si ustedes no pueden **fijarnos** los precios de este aparato, será imposible pasarles ningún pedido en firme.

> indicar de antemano
> establecer los precios
> calcular los precios
> comunicarnos el precio definitivo

Usted se queja de que, en general, el precio de los tejidos de seda natural es más elevado que el de la competencia. Tenga en cuenta que estos precios se justifican por la calidad del artículo.

por tratarse de una calidad muy superior

que estos precios justifican una primera calidad

se aplican en artículos cuya calidad no puede ofrecer la competencia

la diferencia de precios estriba única y exclusivamente en la diferencia de calidad

---

La calidad nos satisface, pero hay que revisar la cuestión de precios.

puntualizar, examinar, aclarar, estudiar

Oportunamente recibimos su carta 8 del actual reclamando muestras, catálogos y listas de precios. Remitimos hoy mismo esta documentación, aunque debemos advertirles que nuestros precios no son definitivos y pueden cambiar.

pueden sufrir modificación próximamente

están sujetos a variaciones en un sentido u otro hasta que establezcamos las tarifas definitivas

tienen carácter provisional y pueden ser objeto de modificaciones

aunque definitivos, gozan de una reducción para pedidos de determinada cuantía

---

La situación es bastante inestable. Les aconsejamos, pues, que se impongan de los nuevos precios, que pueden cambiar de una semana a otra.

pueden estar sujetos a ligeras fluctuaciones

susceptibles de algunos inevitables aumentos

que podrían ser alterados con sensibles alzas

---

En el caso de que ustedes lleguen a una cifra anual de pedidos superior a 3.000 les haremos una bonificación.

otorgaremos, concederemos, aplicaremos, favoreceremos con

---

Les aseguramos que nos decidiríamos a pasarles importantes pedidos si nos hicieran condiciones especiales en los plazos de entrega o en el pago.

si nos concedieran un corto plazo de entrega y amplias (generosas, desahogadas) condiciones de pago

si sus modalidades de pago facilitaran nuestras transacciones

si nos aplicaran algún descuento especial y amplio margen de pago

Nuestros precios se entienden para pedidos de piezas sueltas y bloques completos. Se trata, por tanto, de un precio **total**.

global, de conjunto

Los precios de coste de nuestros muebles **tienen a su cargo** elevados porcentajes de gastos generales.

deben soportar
se ven gravados por
están incrementados con

---

Las nuevas cargas sociales y los numerosos impuestos constituyen un **serio obstáculo** para fijar precios más ventajosos.

una grave dificultad
una barrera
fuerte inconveniente, impedimento.
frenan la posibilidad de

---

Ustedes observarán inmediatamente las ventajas que supone disponer de un artículo **que de por sí** tiene gran valor.

de esencial valor
de un valor de características muy propias
de un gran valor intrínseco

---

Comprendemos sus argumentos, pero no olviden que hay gastos **útiles** (1) que deben aceptar por ser beneficiosos **a la larga** (2).

1) gastos necesarios, indispensables, ineludibles, de rendimiento práctico
2) que a largo plazo resultan provechosos
   que suelen producir un rendimiento inesperado
   que en ocasiones resultan beneficiosos

---

A pesar de la evolución que ha sufrido esta fabricación, los precios **no han subido**.

se mantienen invariables
no han sufrido modificación
no ha habido un nuevo ajuste de precios

---

Los últimos acontecimientos han tenido **influencia** en el mercado del oro.

repercusiones
han influido en el precio del oro
han hecho variar el precio del oro

---

El alza **continua** de los precios agravará indudablemente la situación.

constante, incesante, persistente, permanente

---

En esta época de primavera, las ventas son muy **florecientes**.

están muy animadas
cobran gran actividad
adquieren gran auge
se acrecientan notablemente

## FRASES GENERALES PARA DAR CUENTA DE UNA MEJORA EN LA SITUACION DEL COMERCIO

La temporada se anuncia prometedora.

Los negocios van fácilmente por buen camino.

Las abundantes cosechas facilitan mucho las transacciones.

El constante aumento de órdenes de pedido deja entrever un ejercicio más positivo que el anterior.

El comercio adquiere una expansión a todas luces superior a otras épocas.

El resultado obtenido va mucho más allá de cuanto habíamos imaginado.

Parece ser que asistimos a un nuevo planteamiento económico que incrementará las actividades comerciales de esta provincia.

Las cifras de venta siguen en aumento, como consecuencia de las acertadas medidas adoptadas en estos últimos tiempos.

La tendencia general es francamente optimista.

Nuevos e interesantes renglones de venta se abren a nuestra industria regional.

La intensa campaña de propaganda ha animado mucho las ventas.

Se observa una notable mejora de las perspectivas comerciales.

Los pedidos se suceden a un ritmo satisfactorio.

Los pedidos se registran con gran regularidad.

Gracias a la calidad de nuestros productos podemos combatir con suficiente garantía de éxito las importaciones de artículos similares.

El ambiente general es de confianza, y por ello hay bastante tolerancia en la concesión de créditos.

Una atmósfera de confianza estimula los esfuerzos y da paso a una mayor actividad industrial y comercial.

Se apunta ya un cambio general favorable de la situación.

El aumento de salarios ha dado nuevos impulsos a las ventas.

Todos los índices de nuestra economía han experimentado fuertes progresos.

El alivio que se ha observado en la tirantez de la política exterior dará nuevo vigor a nuestra economía.

Durante la Feria de Muestras se ha registrado una extraordinaria animación y una actividad muy alentadora.

La demanda responde favorablemente a la oferta.

Los resultados de la nueva campaña están dando ya sus frutos y dejan entrever...

La situación financiera es excelente y capaz de hacer frente a cualquier eventualidad.

Se observa gran optimismo ante el fuerte desarrollo dado al sector metalúrgico de nuestra zona.

La fase de indecisión parece tocar a su fin; se procede ahora a la realización de programas concretos.

## FRASES GENERALES SOBRE LA SITUACION DE MALESTAR COMERCIAL

El comercio se encuentra en un marasmo peligroso.

Es indudable que las ventas se hacen cada día más laboriosas.

Las transacciones resultan difíciles.

La influencia de la política exterior repercute seriamente en los asuntos económicos de este país.

La caída vertical de precios ha creado graves problemas a muchas firmas, cuyas reservas eran insuficientes.

La situación financiera, que se apoya en pilares muy frágiles, no permite hacer frente a los acontecimientos económicos.

Se va perfilando claramente una paralización en los pedidos.

Los acontecimientos del exterior engendran un clima desfavorable para las transacciones.

Las operaciones comerciales decaen.

Una crisis muy aguda entorpece las actividades de la industria de nuestra región.

El Estado debe tomar medidas para ayudar a la pequeña industria de esta zona, que hasta ahora ha luchado sin protección alguna.

Se registra un descenso muy notable en los negocios.

Los índices correspondientes al tráfico comercial van descendiendo progresivamente.

Para forzar pedidos, todos los proveedores se ven obligados a conceder grandes facilidades de pago.

Para evitar algunas quiebras, los bancos se ven forzados a otorgar a los comerciantes créditos a largo plazo.

El porcentaje de efectos impagados aumenta cada mes.

La temporada ha comenzado dentro de un ambiente muy pesimista.

La influencia de la competencia extranjera se deja sentir muy peligrosamente.

El poder de adquisición de la clase trabajadora ha disminuido y tememos que el actual estancamiento de ventas sea todavía más profundo.

Las ofertas son numerosas, pero la demanda es prácticamente nula.

El mercado no ha logrado todavía la estabilización deseada.

Como consecuencia de las anomalías registradas, el mercado ha quedado completamente paralizado.

Los créditos, que venían respaldando las operaciones de estos últimos meses, han sido suspendidos.

Se observan débiles síntomas de recuperación comercial, aunque sin resultados apreciables.

## FORMÙLAS PARA RECHAZAR EL DESCUENTO SOLICITADO

El precio de coste de este artículo se ve gravado por numerosos gastos generales, por lo cual es imposible hacer ninguna concesión.

A pesar de nuestros buenos deseos no podemos acceder al descuento que solicita.

Nuestros precios han sido calculados con un mínimo margen de beneficio y cualquier reducción rompería el equilibrio de nuestros costes.

No es posible otorgarles ningún descuento. Sin duda, ustedes no tienen presente el último aumento del precio de las materias primas.

Creemos que al solicitar este descuento no han tenido en cuenta los nuevos aumentos de salarios, que han encarecido el precio de coste de nuestros productos.

Hasta ahora hemos concedido a ustedes el máximo descuento que permite nuestros costes...

Sentimos no poder satisfacer sus deseos por lo que se refiere al 5 % solicitado.

Para luchar con la creciente competencia extranjera, nuestros precios de venta han sido fijados dentro de las tarifas más reducidas; en estas condiciones, comprenderán fácilmente que no podemos...

Estamos forzando nuestros precios en todo lo posible para paliar la saturación de mano de obra que estamos padeciendo; por ello, no vemos el modo de...

Si la situación se estabiliza, no dejaremos de estudiar la posibilidad de concederle el descuento que ahora nos vemos obligados a suprimir.

Las difíciles circunstancias actuales no son propicias para practicar el descuento que les concedimos en operaciones anteriores.

No podemos conceder estos descuentos, ya que todos nuestros cálculos van encaminados a mejorar constantemente la calidad dentro de un precio asequible.

## 3. PAGOS

El sistema de reembolso **permite** una gran agilidad en las operaciones de pago.

se presta, da paso, abre camino a, ofrece

---

Examinen el **importe bruto** de nuestras facturas.

total bruto,
el bruto

---

Nos vemos precisados a recurrir con toda urgencia **a la recuperación** de las sumas que se nos adeudan.

a la liquidación
a la regularización de los saldos pendientes a nuestro favor
a nuestras disponibilidades por sumas adeudadas
a liquidar los saldos de nuestro Haber

---

Nuestros **medios financieros** no nos permiten efectuar compras en gran escala y debemos recurrir a créditos.

nuestras disponibilidades
nuestra tesorería
nuestra situación económica
(o financiera)

---

Incluso en situaciones difíciles, hemos vigilado siempre la **regularidad** en nuestros pagos.

puntualidad, exactitud
cumplir fielmente nuestros compromisos de pago

---

No podemos conceder tan **largo plazo de pago** para cantidades relativamente modestas.

largo crédito, amplio plazo
un margen de pago tan prolongado
Nos parece excesiva la fecha de vencimiento que señalan para el pago de...

---

Algunos deudores, que habían prometido pagar puntualmente, me **han fallado.**

no han hecho frente a sus compromisos de pago
han hecho caso omiso de su promesa
no han respondido a su palabra

Atravieso por una serie de dificultades y cuento con la liquidación de su deuda para poder **cubrir** a mi vez los pagos a numerosos proveedores.

**poder cumplir con mis propios acreedores**
**realizar por mi parte pagos ineludibles**
**liquidar a mi vez algunos pagos pendientes**

---

al tener que realizar urgentes pagos, me veo obligado a **recordarle**, una vez más, su saldo deudor.

**a reiterarle**
**a renovar mi ruego sobre la liquidación de...**
**a llamar su atención, una vez más, sobre...**

---

Este nuevo aplazamiento en el pago sería acogido con **desagrado** por parte de nuestra contabilidad.

**causaría trastornos en las previsiones de nuestra contabilidad**
**perjudicaría la buena marcha de nuestras previsiones contables**
**trastocaría los planes de pagos de nuestra contabilidad**

---

También podríamos invocar ante nuestros proveedores los mismos pretextos que ustedes alegan para **esquivar** el cumplimiento de sus obligaciones.

**para no hacer frente a**
**eludir sus compromisos de pagos**
**para soslayar**

---

Para nosotros es muy desagradable tener que reclamar constantemente **un dinero que es nuestro.**

**nuestros créditos**
**un saldo deudor tan atrasado**
**el pago de sumas vencidas hace mucho tiempo**
**la liquidación de deuda tan antigua**

---

Comprendemos la situación que ustedes nos exponen, pero estimamos también que deberían habernos **avisado** antes.

**informado, advertido,**
**puesto al corriente,**
**prevenido**

Teniendo en cuenta nuestras cordiales relaciones, estamos de acuerdo en hacer una excepción en nuestras normas. Les concederemos, pues, la posibilidad de realizar **pagos parciales** durante cuatro meses.

escalonados, repartidos,
fraccionados, divididos,
a lo largo de...

---

La crisis actual nos impide contar con los **ingresos financieros** que habíamos previsto.

recursos, fondos, capital, ·
líquido disponible

---

Nuestra tesorería tiene momentáneamente dificultades para hacer frente a sus compromisos por las causas de fuerza mayor **que les hemos indicado.**

expuesto, explicado,
de que les hemos dado cuenta

---

Nos sorprende el contenido de su carta. A pesar de sus explicaciones, un tanto imprecisas, no hemos podido comprender las razones que les obligan a **retrasar** este pago.

diferir, prorrogar,
demorar, dilatar
fijar este pago "a posteriori"

---

Me encuentro en la **obligación** de suspender mis pagos.

necesidad, compromiso
ante el desagradable deber
ante la forzosa medida de

---

Pueden tener la certeza de que **por circunstancias excepcionales** nos hemos visto forzados a devolver las letras ya aceptadas a vencimientos fijos.

causas de fuerza mayor
razones imperiosas
motivos ajenos a nuestra voluntad

---

Salvo error u omisión, el saldo pendiente es de 800 $. Deseamos **pagar nuestra deuda** antes de finales del mes actual.

cancelar, saldar, liquidar,
regularizar
liberarnos de esta deuda

---

Sus constantes peticiones de aplazamiento de pagos demuestran una **maniobra** premeditada, que no estamos dispuestos a tolerar más.

táctica, procedimiento,
forma de obrar
que han tomado por sistema una
maniobra...

88

| | |
|---|---|
| Con el fin de poder negociar mi letra, les ruego se sirvan aceptarla y **respaldar** su firma por otra sociedad. | **avalar, garantizar, endosar** |
| Les pasaríamos pedidos más frecuentes, si sus condiciones de pago fueran menos **severas**. | **rigurosas, intransigentes, estrictas, más clásicas, más flexibles, más acomodaticias, más favorables** |
| Para efectuar el envío en las condiciones de descuento que ustedes solicitan, sería preciso recibir **a cuenta** una parte del importe del pedido. | **por adelantado, por anticipado, anticipadamente, efectuar el pago previo de** |
| De acuerdo con sus indicaciones y para liquidar el importe de nuestra factura, **giraremos a ustedes** una letra por... | **libraremos giro a su cargo, extenderemos una letra a su cargo** <br> **hemos puesto en circulación** <br> **enviamos hoy al Banco una letra a cargo de ustedes** |
| En cuanto al pago de facturas cuyo importe no exceda de 10 $, exigimos la **liquidación inmediata**. | **su liquidación al contado** <br> **su cancelación a la presentación del recibo** <br> **su regularización por letra a la vista** |
| Estamos dispuestos a pagar **de antemano** los intereses correspondientes. | **anticipadamente,** <br> **adelantar el pago de** <br> **liquidar previamente** |
| El saldo del Sr. Ruiz es de 800 $ a su **Debe**. | **El saldo deudor del Sr...** <br> **a nuestro favor** <br> **la deuda del Sr... asciende a** |
| He **rellenado** (1) un cheque a su favor y a cargo del Banco de América para **equilibrar** (2) definitivamente mi cuenta. | 1) **extendido, librado, establecido** <br> 2) **saldar, normalizar, liquidar, regularizar** |

## 4.  DESACUERDOS, OBJECIONES

No podemos estimar su propuesta en estas fechas; nos parece que ha **escogido mal momento.**

**el momento más inoportuno**
**la ocasión no es propicia**
**la época no es adecuada**
**las circunstancias no lo aconsejan por ahora**

---

Hay que estudiar **más seriamente** este problema para tratar de encontrar una solución inmediata.

**profundizar más en este problema**
**examinar más a fondo**
**Hay que considerar el problema en todos sus aspectos para**

---

Todos los razonamientos que ustedes aducen son correctos; su buena fe **es cierta.**

**evidente, incontestable, indiscutible**
**queda fuera de toda duda**

---

Por los términos de su carta de ayer creemos **adivinar** cierto descontento por su parte.

**observar, presentir**
**deducimos que existe**
**tenemos la impresión de que hay**

---

Nos parece justo que **en compensación** del perjuicio causado, efectúen un descuento más fuerte.

**a título de indemnización**
**para remediar en parte el**
**para paliar los perjuicios**
**resarcirnos del perjuicio**

---

Pueden ustedes **comparar** la copia de la factura que les remitimos ahora, con el original recibido hace unos días, y comprobarán en qué consiste el error.

**confrontar, cotejar, puntear**

---

El incumplimiento de las normas establecidas **es causa** de errores muy perjudiciales.

**lleva consigo errores**
**provoca, origina errores**
**da paso a errores**

---

Les recordamos que tal decreto ya no tiene validez; hace mucho tiempo que fue **anulado.**

**suprimido, abolido,**
**abrogado, derogado,**
**que ya no está en vigor**

Cuanto ustedes indican son pretextos **sin fundamento.**

**desprovistos de**
**carecen de base**
**que no tienen razón de ser**

---

Nuestros puntos de vista son **demasiado diferentes** para que podamos entrever la posibilidad de llegar a un acuerdo.

**divergentes**
**opuestos totalmente**
**diametralmente opuestos**
**difieren tanto que no vemos la posibilidad de**
**discrepar en tantos aspectos que**

---

Sentimos que esta proposición **no haya obtenido** su aprobación.

**merecido**
**no se haya visto favorecida con su**
**no se haya hecho acreedora de su**
**no haya sido aceptada por usted**

---

Nosotros planteamos la cuestión **bajo** un aspecto diferente. (Galicismo.)

**desde un ángulo**
**desde un punto de vista**
**partiendo de un principio diferente**
**con un enfoque distinto**

---

El error ha sido involuntario y por ello nuestra buena fe no puede **dudarse.**

**ser puesta en duda**
**no puede dudarse de nuestra buena fe.**
**no cabe sospechar de nuestra buena intención.**

---

Esperamos que este incidente no sea motivo **para perder** la confianza de ustedes.

**para que ustedes no sigan depositando su confianza en nuestra firma**
**para seguir mereciendo su confianza**
**para mantener la confianza que nos han demostrado siempre**

---

Insistimos en que no estamos de acuerdo con esta solución, que todavía será **muy discutida.**

**será objeto de controversia**
**estará sujeta a discusiones que debemos puntualizar todavía**

91

La razón que ustedes **ponen de relieve (1)** no es suficiente para **justificarse (2)**.

1) **invocan, alegan, hacen ver**
2) **disculparse, salvar su responsabilidad**
**para poner en claro su posición**

---

Sus razonamientos me han convencido y en un principio estaría **dispuesto a aceptar** las medidas de conciliación por usted propuestas.

**estoy conforme en aceptar**
**daría mi aquiescencia, beneplácito**
**no me opongo a**
**aceptaría con agrado**

---

Siento informarle que no estoy de acuerdo con su decisión en cuanto a las medidas que **piensa tomar.**

**previstas por usted**
**que usted preconiza**
**que usted me anuncia**

---

Somos los primeros interesados en que este asunto quede resuelto. En este sentido, le agradeceremos que **comience** una encuesta.

**inicie las averiguaciones pertinentes**
**trate de esclarecer lo sucedido**
**haga cuanto la sea posible para ponerlo en claro**

---

Mi declaración escrita va acompañada de numerosos documentos **que prueban** el derecho que me asiste en mis declaraciones.

**que justifican, que dan fe**
**que respaldan, que son prueba inequívoca de**

---

De todas formas, lamentamos que haya obrado tan a la ligera; un hombre **avisado** como usted no debería cometer semejante error.

**experto, prudente, cauto, ducho, experimentado, de su experiencia**

---

Una vez analizado el contenido de su informe, la dirección estima que sus argumentos son **justos.**

**están provistos de todo fundamento, fundamentados**
**están justificadamente expuestos**
**son persuasivos, convincentes, sólidos**

---

Sus continuas demoras y su falta de interés han probado **excesivamente** nuestra paciencia.

**han puesto a prueba nuestra paciencia**
**sobrepasan los límites de nuestra paciencia**
**han llegado a impacientarnos**
**han colmado nuestra paciencia**

**La razón** que usted aduce no puede justificar en absoluto su forma de proceder.

> motivo, pretexto, argumento, disculpa

Premeditadamente, vienen ustedes **dando largas** a la resolución de este asunto. Les advertimos por última vez que esta situación no podrá ser mantenida por más tiempo.

> demorando, eludiendo, alargando, desentendiéndose de

No vemos solución para **este conflicto** y creemos que lo mejor sería llevar el asunto a los tribunales.

> este desacuerdo, litigio, problema
> estas diferencias

Les agradeceremos que acepten la devolución de estas piezas; tienen fallos muy visibles; sus engranajes y dientes están muy mal rematados. Se trata, pues, de **imperfecciones** que no favorecen la venta.

> defectos, deficiencias, vicios de fabricación

Nos mantenemos **firmes** en nuestra determinación y les rogamos que no insistan en sus reclamaciones.

> inflexibles,
> les confirmamos, una vez más, nuestra determinación y
> Nos ratificamos en
> Nuestra determinación es irrevocable.

Le estamos dando pruebas de nuestro espíritu conciliador en este asunto, ya que no deseamos **emprender** un proceso cuyas molestias y consecuencias conocen ustedes sobradamente.

> poner en marcha
> iniciar
> entablar
> abrir

Aunque no les asiste la razón, deseamos darles pruebas de nuestra buena voluntad, **autorizando** la devolución de los artículos relacionados en su lista.

> transigiendo con
> aceptando excepcionalmente
> permitiéndoles por esta vez
> haciéndonos cargo

No quisiéramos que en el ánimo de ustedes pudiera caber alguna **duda** en este aspecto.

> sospecha, desconfianza
> descontento alguno

| | |
|---|---|
| Como consecuencia de **desacuerdos** con nuestro socio, hemos decidido romper nuestros compromisos para el año próximo. | **desavenencias, discrepancias** **diferencias de criterio** |
| Realmente no consideramos necesario tomar las medidas que ustedes preconizan para **cosa** tan insignificante. | **hecho** **por tal pequeñez** **por anomalía de tan poca importancia** |
| A ustedes incumbe la responsabilidad de haber **violado** (1) los secretos de nuestra organización y **acarrearán** (2) con las consecuencias que de ellos se deriven. | 1) **hecho públicos** **quebrantado, divulgado** **difundido, comunicado a terceros** 2) **sufrirán las** **soportarán las** **correrán con** **se enfrentarán con** |
| Cuanto han insinuado ustedes no responde a la verdad. Esperamos, pues, que se **desdigan** inmediatamente. | **se retracten** **que desmientan sus declaraciones** **que rectifiquen sus infundados argumentos** |
| Tratando de llevar este asunto por vía amistosa, hemos recurrido en vano a nuestro **poder** sobre este cliente. | **nuestro poder de persuasión** **nuestra influencia, nuestra autoridad** **nuestro ascendente** |
| Su **curiosa** manera de proceder no ha dejado de sorprendernos. | **singular, insólita, inesperada, extraña, peculiar** |
| Como compensación de los perjuicios causados, les autorizamos a **rebajar** 80 $ del importe de nuestra factura. | **deducir, descontar, restar** |
| Una vez más le **conmino** a que solucionemos directamente estas diferencias. | **le brindo la posibilidad de solucionar** **insisto en que solucionemos** **le hago un llamamiento para solucionar** |

Su reclamación es injustificada y, además, expuesta en un **tono** agresivo que no podemos tolerar.

**expuesta de forma amenazadora en términos poco elegantes, poco correctos,**
parece un ultimátum que no po-demos comprender
**expuesta en términos imperativos que no...**

---

La falta de organización y de vigilancia de su zona causa gran **perjuicio** al prestigio de nuestra firma.

**repercuten desfavorablemente en son un descrédito para van en grave detrimento de**

---

No creemos que puedan ustedes defender este asunto con argumentos **válidos**.

**aceptables, sólidos, ciertos, positivos, de peso**

---

Es **intolerable** que todas las cartas enviadas a ustedes en los dos últimos meses no hayan obtenido su respuesta.

**inaceptable, inadmisible, incomprensible, imperdonable**

---

Se han **mezclado** ustedes en operaciones que no estaban previstas dentro de sus atribuciones.

**inmiscuido, cruzado, ingerido, han intervenido en**

---

La explicación de no pasarles más pedidos es muy sencilla: **la mala calidad** de sus productos nos ha defraudado una vez más.

**la calidad mediocre
las deficiencias de
la falta de celo en el acabado de
las negligencias en la fabricación de**

---

Nuestro firme propósito es no realizar más inversiones en este negocio cuyo porvenir es **incierto**.

**inseguro, dudoso
no ofrece perspectivas halagüeñas
sobre cuyo rendimiento somos bastantes escépticos
cuyos resultados no ofrecen gran seguridad**

Ha obrado usted **atolondradamente** (1) y sus afirmaciones nos han **equivocado** (2); su deber era consultarnos **antes** (3).

1) **a la ligera, sin reflexionar, precipitadamente**
2) **inducido a error dado una idea falsa**
3) **previamente, en primer lugar, de antemano**

---

Observamos en su carta cierto apasionamiento. Los términos en que usted se expresa nos parecen **muy agrios** y fuera de lugar.

**excesivos, acerbos, violentos, muy duros.**

---

Al instalar nuevas máquinas en nuestras naves no hemos **quebrantado** las leyes vigentes.

**incumplido**
**no nos hemos arrogado derechos contrarios a las...**
**no hemos alterado las normas de las...**
**nos hemos atenido a las...**

---

Para un hombre **honrado** (1) lo sucedido no tiene explicación. Sus argumentos me parecen **incalificables** (2).

1) **honesto, leal, íntegro, intachable, de probada rectitud**
2) **ilícitos, reprobables**

---

En estas condiciones sólo cabe la solución de **anular** el contrato que hasta ahora nos ligaba a la firma.

**romper, rescindir, denunciar**

## 5. EMPLEOS

Fijaremos **su paga** una vez que hayamos comprobado su capacidad de trabajo.

**su retribución, su salario o su sueldo, sus emolumentos, su remuneración**

---

Le rogamos muy encarecidamente que se atenga a **las normas** de nuestra firma.

**costumbres, reglas, al régimen interior**

---

Sentimos comunicarle que el empleo **solicitado** por usted ya está cubierto.

**al que usted aspiraba**
**por el que usted se interesaba**
**al que presentaba su candidatura**

Para facilitar nuestras gestiones, le rogamos el **envío** (1) de una solicitud **escrita a mano** (2).

1) **presente, dirija, formula, nos procure**
2) **manuscrita, escrita de su puño y letra**

---

Los **candidatos** a este empleo recibirán oportunamente noticias sobre nuestra decisión.

**postulantes, solicitantes, aspirantes, los interesados en**

---

Esperamos que nuestras proposiciones **le convenzan.**

**sean de su agrado**
**serán convenientes para usted**
**merezcan su aprobación**
**se ajusten a sus deseos**

---

El puesto de secretaria que tenemos vacante **pide** una gran discreción por su parte.

**requiere, exige, obliga a, lleva consigo**

---

No le ocultamos que, en primer lugar, exigimos de nuestros empleados **gran regularidad** en el cumplimiento de los horarios de trabajo.

**exactitud, puntualidad, el fiel cumplimiento de**

---

El puesto vacante requiere un **temperamento tranquilo,** capaz de atender sin impacientarse las reclamaciones de nuestros clientes.

**un carácter reposado**
**de paciencia a toda prueba**
**imperturbable, de reconocida paciencia, de nervios muy templados**

---

Le agradeceremos que en su carta nos indique referencias de personas o firmas que puedan **responder** de su honorabilidad.

**garantizar su**
**avalar su**
**facilitarnos informes acerca de su solvencia o de su conducta**

---

La escuela donde he terminado mis estudios podrá facilitarles todas las **indicaciones** que ustedes desean sobre mi capacidad de trabajo.

**informes, precisiones, datos, pormenores**

Me interesaría mucho **formar parte** de su plantilla.

**figurar en su plantilla**
**pertenecer a su empresa**
**integrarme a sus servicios**
**ser un colaborador entusiasta de su firma**

---

Pueden estar seguros de que me esforzaré en **merecer** la confianza de mis jefes y de mis compañeros.

**en hacerme digno**
**en atraerme, ganarme, captarme**

---

Confío en que mi demanda podrá **ser tomada en consideración** y les agradezco de antemano su atención.

**será interesante para ustedes**
**tendrá una acogida favorable**
**puedan dar una solución favorable a mi petición**

## 6.  INFORMES

¿Podrían ustedes **darnos informes** (1) de la firma cuyos datos figuran en la tarjeta adjunta?

Antes de firmar un contrato con estos señores desearíamos **asegurarnos** (2) de su solvencia económica.

1) **Nos permitimos recabar de ustedes informes**
**Hemos recurrido a su amabilidad para solicitarles informes**
**Les agradeceremos que sin compromiso alguno por su parte nos facilitaran**
2) **cercionarnos, estar seguros, confirmar su**

---

Les rogamos que consideren **como secretos** los informes que les facilitamos en la ficha adjunta.

**Les recordamos el carácter confidencial de**
**Consideren como estrictamente personales y a título confidencial**
**Esperamos que hagan un uso muy reservado de**

---

Desgraciadamente, mis datos sobre esta firma son bastante imprecisos. Me permito aconsejarles que obtengan tales informes a través de **distintos canales.**

**a través de fuentes diversas**
**solicitados por varios conductos**
**recabados entre distintas firmas**

No poseo informes muy concretos de este señor y por ello expongo mis juicios con toda **prudencia**.

reserva, discreción,
las salvedades consiguientes

---

No tengo inconveniente en resumirles el juicio que me merece el Director técnico de "MIS". Su **constancia** en los negocios y su espíritu emprendedor son dignos de todo elogio.

perseverancia, tenacidad, persistencia, asiduidad, su férrea voluntad

---

A pesar de algunos **fracasos** inevitables, estamos seguros de que esta Sociedad volverá a resurgir con la misma pujanza de antes.

reveses, contratiempos, percances, tropiezos

---

El Sr. Vasal goza en nuestra ciudad de una situación envidiable; su **autoridad** es bien notoria.

crédito, su prestigio
su personalidad

---

Efectivamente, la sociedad que ustedes mencionan en su carta es muy estimada en esta zona y **facilita** la mayor parte de las materias primas a nuestra industria metalúrgica.

suministra, provee de materias primas a la...
... y a través suyo se canaliza la mayoría del suministro de

---

Los informes que hemos obtenido sobre esta firma no son favorables. Nos encontramos ante la **decadencia** (1) de una marca que antaño fue **próspera** (2).

1) ocaso, declive,
asistimos al desmoronamiento, al fin
2) brillante, activa,
que tuvo gran renombre
gozó de la mayor estima

---

Se nos informa que la situación de estos señores es muy peligrosa; **han gastado** (1) su fortuna en especulaciones **escabrosas** (2).

1) dilapidado, derrochado, malgastado
2) muy aventuradas, arriesgadas, muy dudosas

---

Pueden ustedes iniciar sus relaciones con esta sociedad, ya que todos nuestros informes demuestran que se trata de **gente seria**.

de una firma solvente
de una casa que ofrece toda clase de garantías
firma sólida, segura, de prestigio

99

El Sr. Mobel prospera en sus nuevas actividades. A su competencia y. a su esfuerzo viene a añadirse su constante preocupación **por reducir** los gastos de su negocio y consolidar su situación. financiera.

**por economizar gastos**
**para evitar gastos superfluos**
**para eliminar gastos inútiles**

---

El Sr. Favial es demasiado **prudente** para dedicarse a operaciones que no ofrezcan la debida garantía.

**clarividente, perspicaz, comedido,**
**sagaz**

---

Su situación financiera es excelente. Su fortuna, aunque no fabulosa, es **muy importante.**

**muy considerable**
**es muy sólida**
**se considera muy elevada**

---

En 1945 **fundó** (1) una fábrica de primera categoría. Durante algunos años, parece ser que estaba un **poco perdido** (2) en costosos ensayos, pero actualmente el negocio **ha salido a flote** (3).

1)  **creó, montó, inauguró, instaló, construyó**
2)  **un tanto desorientado**
    **perdió un tiempo precioso en**
    **sufrió cierto quebranto coco consecuencia de**
3)  **ha seguido un curso favorable**
    **superado estas dificultades**
    **resurgido positivamente**

---

Cuantos tienen relaciones con este señor afirman que es muy interesado; su ambición por **las finanzas** (1) **es conocida** de todos (2).

1)  **su materialismo, su afán de lucro por cuanto sean beneficios**
2)  **es bien sabida, notoria, del dominio de todos, "vox populi", sobradamente conocida**

---

Cuando se encontró ante una situación económica muy difícil supo procurarse fondos de **forma poco recomendable.**

**por medios no muy correctos, ilícitos, poco elegantes, no muy legales**

| | |
|---|---|
| Hemos mantenido siempre excelentes relaciones con el Sr. Puente y dentro de la mayor **simpatía**. | cortesía, cordialidad afabilidad, amabilidad del ambiente más cordial de una atmósfera muy sincera |
| El crédito de que gozan en esta ciudad es más bien **dudoso**. | problemático, limitado discutible |
| Gracias a sus esfuerzos personales ha salido adelante en un **trabajo** (1) ingrato y ha logrado **alcanzar el objetivo que se proponía** (2). | 1) tarea, labor, desempeño, cometido <br> 2) realizar satisfactoriamente sus proyectos <br> llevar a buen fin su propósito |
| Según pueden comprobar por nuestro certificado de servicios el Sr. Tovar ha colaborado en nuestra empresa durante cinco meses. Los tres accidentes de trabajo que ha sufrido se deben única y exclusivamente a su **falta de atención**. | a sus propias distracciones poca concentración ante el peligro a que no observó las reglas de seguridad prescritas a sus frecuentes vacilaciones |
| Nos consta que ha sido empleado de ustedes durante quince años y que ha ocupado un importante puesto en su Sección de Contabilidad, ¿podrían **confirmarnos** estos extremos? | ratificar, corroborar decirnos si estamos en lo cierto si nuestros informes son correctos |
| La persona que usted menciona en su solicitud de informes es **muy apta** para desempeñar la labor que le van a encomendar. | competente, está muy capacitada, reúne magníficas cualidades, es la más idónea |
| Nuestro empleado de Contabilidad ha trabajado a entera satisfacción nuestra y hemos sentido muchísimo que por razones familiares haya debido ausentarse de esta ciudad. Ha cumplido en **su cargo** (1) con el mayor celo y también con **probidad** (2) digna de elogio. | 1) sus funciones, su cometido, en su empleo, <br> 2) honradez intacable, <br> un gran sentido de su deber, <br> un sentido de responsabilidad digno de encomio |

Como consecuencia de algunos errores que veníamos observando en estos últimos meses nos vimos obligados a **despedirle**.

a **prescindir de sus servicios**
a **desistir de su colaboración**
a **separarle de nuestra plantilla**
a **rescindir nuestros compromisos**

---

Su **actuación** en esta empresa ha sido muy deficiente.

conducta, su manera de comportarse,
su rendimiento, su actividad

---

A pesar de nuestras reiteradas observaciones, **violó** (1) los reglamentos. Teníamos que sentar un precedente y nos vimos obligados a prescindir de un obrero muy cualificado, pero demasiado **independiente** (2). Es posible que después de lo sucedido haya reflexionado y que su carácter se haya **corregido** (3).

1) hizo caso omiso,
   vulneró, incumplió
2) indisciplinado, libertino,
   mal avenido, díscolo
3) mejorado, doblegado,
   haya cambiado su carácter,
   haya rectificado su forma de
   ser

---

Dejó de pertenecer a nuestra empresa el 6 de junio de 1966. Durante **este tiempo** quizá haya ampliado sus conocimientos profesionales.

este intervalo, el tiempo transcurrido,
este lapso, este espacio de tiempo

---

**Es** un joven muy competente, de gran empuje, pero excesivamente tímido, lo que **frena** (1) sus posibilidades. Habría que **animarle**... (2).

1) limita, perjudica, restringe
2) Necesita estímulo
   Se le debe alentar
   Hay que infundirle ánimos

---

Aunque su **aspecto exterior** no lo demuestre, es persona de gran talento. Su colaboración es muy estimable.

a primera vista,
en apariencia no lo parezca,
aparentemente,
los signos visibles no lo...

---

Tiene un carácter **fatal** que desagrada bastante a los clientes.

caprichoso, veleidoso,
tornadizo, difícil, insoportable

---

Por muy **ingrato** que sea un trabajo, siempre lo emprende y finaliza con agrado.

penoso, arduo, muy difícil, dificultoso.

Su **antipática** fisonomía no contribuye a su favor; sin embargo, va conquistando rápidamente la confianza de los clientes.

poco atrayente, extraña fisonomía,
poco agraciada

---

No saben cuánto hemos lamentado la marcha de este representante. Demostró un espíritu muy **fino** (1) en cuantas operaciones realizó y era un **excelente** (2) colaborador.

1) dúctil, sútil, delicado, refinado
2) excepcional, magnífico, un colaborador de primer orden

---

Su capacidad intelectual no va demasiado lejos, pero su buena voluntad ha sido suficientemente probada; **aconsejado,** podría llegar a ser un empleado muy útil.

debidamente orientado,
dirigido, guiado,
orientando sus conocimientos

---

Nuestro consejo desinteresado es que, a pesar de tratarse de una persosona muy formal y seria, el Sr. Duval no reúne las **cualidades** de un jefe.

no reúne condiciones para ser jefe
no posee el carácter suficiente
no tiene carácter apropiado para ser

---

Este señor será pronto un buen vendedor de sus productos: mantiene una **conversación** muy agradable que facilita mucho su labor.

tiene gran facilidad de expresión que favorece su misión
su agradable manera de conversar facilita
su carácter comunicativo, abierto,

---

La señorita que próximamente trabajará con ustedes es una mecanógrafa muy **ligera** y segura.

muy hábil, muy diestra,
muy rápida, muy activa

## 7. PUBLICIDAD

Al **principio,** esta publicidad ofrecía medios de difusión muy limitados.

En sus comienzos,
Al iniciarse esta campaña publicitaria,
En los primeros momentos

Empleando distintos métodos, pero acertadamente **combinados**, podremos llegar más eficazmente al comprador.

compaginados, concertados, distribuidos, planeados

Jamás hemos vacilado en destinar fuertes sumas para nuestra propaganda en radio, en prensa o en espectáculos, ya que estamos seguros de que esta publicidad es **muy ventajosa**.

productiva, de gran rendimiento, de resultados positivos, rentable, eficaz, fructuosa, remuneradora, de utilidad práctica

La publicidad **atrae** un núcleo de clientes hacia una marca.

dirige, orienta, lleva, encauza

Estos productos deben ser dados a conocer en estuches con un **exterior muy lujoso**.

de aspecto exterior muy elegante
de presentación exterior fastuosa
con gran realce en su exterior
de presentación muy atrayente

Las estanterías de lujo ofrecidas son **privilegio** de los grandes almacenes.

están únicamente al alcance de
son adquiribles solamente por
de la exclusiva

Los estantes destinados a ser expuestos en escaparates deben ser muy **seductores**.

atrayentes
cautivar la atención
llamar poderosamente la atención

Para introducir nuestro nuevo detergente, vamos a llevar a cabo **una publicidad intensa** en todas las provincias.

vamos a iniciar una fuerte campaña publicitaria
a lanzar una campaña de propaganda en gran escala
a utilizar cuantos medios publicitarios se nos brinden

Una de los **objetivos de la publicidad** es llamar la atención de los futuros compradores.

Uno de los fines concretos de
Una de las razones principales de
Entre otros, uno de los motivos fundamentales de

Un anuncio bien realizado debe **captar** la atención del transeúnte, obligándole, para verlo mejor, a andar más despacio o incluso a pararse.

**retener la atención**
**despertar el interés del**
**incitar la curiosidad del**
**sorprender la atención del**

---

Para que un anuncio resulte más atrayente hay que jugar bastante con la intensidad de los colores y sus **diferentes tonalidades.**

**y sus diferentes contrastes**
**con las múltiples posibilidades de**
**tonos fríos o cálidos**
**con el empleo de tonos muy**
**opuestos**

---

Al referirse a carteles publicitarios, anuncios en prensa o cartelones murales, se habla mucho actualmente de los **efectos psicológicos de los colores.**

**de las repercusiones psicológicas**
**de las resonancias psicológicas**
**de la influencia psicológica de**
**los colores en nuestro comportamiento**
**del poder de atracción de**
**del grado de sugestión que ejercen**

---

Por su efecto psicológico, los colores transforman nuestro estado de ánimo y **despiertan** en nosotros algunas emociones.

**provocan, crean, producen e influyen en nuestros sentimientos**

---

Despertar interés y retener la atención son los fines primordiales de toda campaña publicitaria. Seguidamente, hay que convencer al cliente. Para ello, los argumentos empleados deben **ser de peso.**

**tener consistencia**
**ser irrefutables, convincentes,**
**un "impacto" directo,**
**encerrar un valor determinante**

---

Hay que afanarse en encontrar la palabra justa que asegure la **canalización** del producto.

**el éxito, la venta, la difusión,**
**la expansión**

---

Entre las muchas expresiones que vienen a nuestra mente hay que escoger la **fórmula que más choque.**

**la frase más certera**
**la expresión más directa**
**las palabras más expresivas**
**los términos más sonoros**

| | |
|---|---|
| Por **exageradas,** deben descartarse palabras como: irrisorios, inimitables, sensacionales, formidables, fantásticos, únicos, insuperables, etc. | **hiperbólicas, abusivas, trilladas, manoseadas, vulgares** |
| De toda publicidad correctamente enfocada, deben excluirse aquellas palabras que **desprecien** (1) la ortografía y cuantos giros de la frase **atropellen** (2) la sintaxis. | 1) **q u e prescindan olímpicamente de**<br>**que dejen de lado**<br>**que sean un desafío a**<br>2) **no respeten**<br>**carezcan de toda norma de** |
| El artista que crea un anuncio no debe perseguir únicamente la realización de una obra de arte. El punto de vista utilitario debe **contar** antes que el de la estética. | **prevalecer sobre**<br>**predominar**<br>**destacar por encima de la** |
| El arte debe **someterse** a las necesidades o fines utilitarios. | **supeditarse, inclinarse ante, dar paso, debe plegarse a** |
| Una de las consecuencias de la publicidad es **enfrentar en competencia** diversos productos similares. | **provocar una fuerte lucha**<br>**despertar el afán de lucha**<br>**situar en noble competencia** |
| Antes de redactar el texto de un anuncio hay que **escoger** los objetivos propuestos. | **clasificar, ordenar,**<br>**definir claramente los objetivos**<br>**que se quieren alcanzar.** |
| No se redacta **así como así** un anuncio. | **Un anuncio no se redacta tan fácilmente como se cree**<br>**... un anuncio sin madurar las ideas suficientemente, espontáneamente** |
| Un anuncio no se crea rápidamente; hay que **pensarlo bien.** | **se elabora lentamente.**<br>**se piensa detenidamente.**<br>**se estudia concienzudamente.** |

CUARTA PARTE

# APLICACIONES PRACTICAS

# I. CRITICA DE ALGUNAS CARTAS MAL REDACTADAS

## 1. OFERTA DE VENTA

Muy̆ señor nuestro:

1-2 Tenemos **el gran placer** de ofrecerle una serie muy interesante de blusas para señora y para jovencitas, en las tallas y colores mencionados en la lista adjunta.

3 Estos artículos, de fabricación muy cuidada, confeccionados con seda natural, se ofrecen a precios que **desafían toda competencia.**

4 En adelante, no seguiremos fabricando estas blusas y nos **concentraremos** en la confección de vestidos y abrigos. Ello explica los precios excepcionales de esta **liquidación.**

5 Nos agradaría que usted se acogiera a las ventajas de esta **liquidación.**

En espera de sus noticias.

### Crítica

EL FONDO

2 En primer lugar, en esta carta se omite una precisión de suma importancia: ofrecemos un lote de blusas cuyas referencias figuran en una lista adjunta. Es muy posible que dentro de un mes esta serie haya sido vendida. Si para entonces, determinado cliente nos pasa un pedido, nos veremos obligados a rechazarlo por falta de existencias; he aquí, con toda seguridad, un cliente descontento.

¿Qué precauciones debemos tomar al remitir esta circular? ¿No sería aconsejable llamar la atención del cliente acerca del carácter provisional de esta oferta? Una simple frase de advertencia sería suficiente.

LA FORMA

1 Húyase de estas frases vulgares (véase pág. 32).

3 No se trata de lanzar un desafío a la competencia. Conviene eludir este tema si no es verdaderamente necesario. Basta con un adjetivo cualquiera para calificar este precio. Véanse ejemplos pág. 21).

4 Trate de sustituir este verbo por otro (ya se han dado numerosos ejemplos).

109

5      El empleo por segunda vez de la palabra "liquidación" debe evitarse. Es una repetición innecesaria. Además, cuando se liquida un artículo, ¿no es realmente una "ocasión", una "oportunidad"? Entonces, ¿por qué no escribir una de estas dos locuciones?

## 2. INFORMACION SOBRE UN CAMBIO DE DOMICILIO

Muy señores nuestros:

El desarrollo de nuestro negocio ha sido tan considerable durante los tres últimos años, que nuestros locales resultan insuficientes.

Por esta razón, hemos decidido trasladarnos a otros locales más amplios, situados en:

1                          Avenida de América, 48

2 calle, como ustedes saben, de **mucho paso.**

3-4    Todas las instalaciones, así como la maquinaria, son muy modernas y considerablemente ampliadas, y nos permitirán establecer algunos **records** en cuanto a **rapidez** de fabricación.

A partir de ahora podemos hacernos cargo de importantes pedidos y garantizar una entrega inmediata.

5      Confiamos en que próximamente nos veremos favorecidos con sus órdenes de pedidos.

Mientras tanto, saludamos a ustedes muy atentamente.

### C r í t i c a

EL FONDO

1      Supongamos que un cliente cualquiera nos envía próximamente una orden de pedido. Probablemente nos pedirá algunas explicaciones. Por ejemplo: ¿a partir de qué fecha entra en vigor la nueva dirección?

Además, si debe telefonearnos, dudará también: ¿conservamos el mismo número de teléfono? Si no es así, ¿le hemos informado?

También puede pensar que con motivo de este traslado se produzca inevitablemente cierto desequilibrio en nuestros servicios: retraso en la correspondencia, en las entregas o en algún otro aspecto.

¿Qué falta en esta circular?

Aparte de lo ya indicado, hay que insistir en que se llevará a cabo una organización más perfecta de la empresa, tanto desde el punto de vista técnico como del comercial; que los servicios estarán agrupados por secciones o por funciones; que la dirección será más fácil, y que como consecuencia de todo ello, los pedidos serán servidos con mayor prontitud.

5      ¿En virtud de qué circunstancia vamos a mejorar nuestra fabricación? Sin duda alguna, nuevo personal técnico o directivo ha venido a engrosar la plantilla con motivo de la ampliación que anunciamos. Hay que destacar, pues, la participación de este equipo, sus trabajos, sus especialidades.

LA FORMA

2      Impropiedad (véase pág. 18).

3      La palabra "record" es también una impropiedad, aparte de ser un vocablo extranjero: no se está hablando del resultado de una carrera de automóviles o de caballos. Sustitúyase esta palabra.

4      La rapidez en la ejecución de un pedido no es el único factor que cuenta para un cliente. ¿Por qué no se habla también de algo quizá más importante: el acabado, la calidad del trabajo, la presentación?

## 3.  ANUNCIO DE LA VISITA DE UN VIAJANTE

Muy señores nuestros:

1      Nuestro viajante, Sr. Almenares, presentará a ustedes **muy próximamente** nuestra colección de zapatos para la temporada de invierno.

2      Esta **colección** es muy amplia y variada. Comprende zapatos para niños, botas para colegiales, calzado especial para caza y pesca, botas de montaña, y una serie de zapatos de lujo para vestir, entre los cuales figuran preciosos modelos para baile y fiestas.

3-4      Llamamos su atención sobre el artículo de propaganda de la temporada: unas botas para colegial, a un precio **muy bajo,** que ha sido objeto de gran aceptación entre los clientes que ya hemos visitado.

Esperamos que dediquen ustedes algunos minutos al examen de nuestros artículos y no dudamos de la excelente acogida que brindarán al Sr. Almenares, por todo lo cual les anticipamos nuestro agradecimiento.

Atentamente,

### C r í t i c a

EL FONDO

Es una carta bastante correcta, pero incompleta.

1      "Muy próximamente" es un tanto vago. Ya se sabe que, generalmente, no hay modo de indicar una fecha concreta puesto que el viajante puede cortar o prolongar su estancia en tal o cual punto. Sin embargo, es fácil prever una fecha aproximada. Diga, pues "... aproximadamante entre el 10 y el 20 de diciembre".

3      No se insiste demasiado acerca del artículo de propaganda que se quiere destacar: a nuestro juicio, es uno de los detalles más importante de la carta. En general, cuando se ofrece un producto especial se deben tener en cuenta tres ideas relacionadas con otras tantas ventajas principales del objeto que se desea vender: *solidez-elegancia-precio.*

*Solidez:* precisamente, por tratarse de unas botas destinadas a un colegial, que suponemos poco cuidadoso a su edad, y que normalmente destroza mucho calzado.

**111**

APLICACIONES PRACTICAS

*Elegancia:* porque bien pudiera nuestro cliente creer que la solidez de estas botas lleva consigo una presentación ordinaria o rudimentaria.

*Precio:* véanse las observaciones que figuran en el siguiente apartado.

LA FORMA

2 Se repite la palabra "colección". Para evitarlo, puede ser reemplazada por "selección".

4 Un precio "muy bajo". Impropiedad. Véase la explicación en la página 20 y la correspondiente corrección en la 21.

## 4. RECLAMACION MOTIVADA POR UN SUMINISTRO DEFECTUOSO

Muy señores nuestros:

1 Acabamos de recibir **nuestro pedido** del 6 de octubre. Les recordamos que habíamos solicitado:

8 Camisones bordados, de seda, talla 42, ref. MANON;
10 Camisones bordados, de popelín, talla 44, ref. GIOCONDA;
6 Combinaciones de seda artificial, con puntilla:
  2 en color azul celeste,
  2 en rosa pálido,
  2 en amarillo limón.

Ahora bien, hemos recibido camisones de la talla 46, no solicitados, y además la calidad de la seda es muy inferior.

2 En cuanto a las combinaciones, han llegado descoloridas. Suponemos que han permanecido expuestas en algún escaparate durante mucho tiempo o que han figurado en el muestrario de su representante; están verdaderamente pasadas y no corresponden a los colores solicitados.

3-4 En resumen, se trata de un envío **inaceptable** y estamos muy descontentos.

5 Con esta misma fecha les devolvemos toda la partida, a porte debido, y anulamos su factura.
Cordiales saludos.

6 P. S. Si este hecho volviera a repetirse, **recurriríamos a otros proveedores**.

### Crítica

EL FONDO Y LA FORMA

Carta, en genera,l muy desacertada, sin meditar.

1 Impropiedad (véase pág. 21).

2 El párrafo que alude a las combinaciones descoloridas es de mal gusto.

112

El tono empleado encierra una ironía sin gracia alguna: además, siempre hay que evitar zaherir, ya que nada lo justifica. Se puede hacer una protesta más enérgica, pero jamás debe aprovecharse esta circunstancia para molestar a un proveedor.

3    De acuerdo en que esta remesa no puede ser aceptada, aunque la forma de exponerlo es demasiado seca. Sustituya estas palabras o mejor toda la frase.

4    Es evidente que el proveedor no va a dudar de nuestro "descontento"; por tanto, huelga esta palabra. Si se quiere, puede suavizarse el tono escribiendo: "no estamos satisfechos".

5    ¡La conclusión es un muro infranqueable! Comercialmente, hay que dejar siempre la puerta abierta para una aclaración, para exigir, para obtener la debida rectificación del error o perjuicio.
     En contrapartida, añadimos "cordiales saludos" como colofón de unas frases impertinentes. Nada más inoportuno, porque ¿quién va a creer en la cordialidad de estos saludos? Hay que buscar una fórmula de despedida más en consonancia con el contenido de la carta.

6    Lenguaje demasiado directo. A este respecto, véanse las observaciones de la página 15. Una fórmula final más sensata remediaría en parte el tono desagradable del resto de la carta. Veamos:
     "Pudiera darse el caso de que, a principio de la temporada, su servicio de expedición esté sobrecargado de trabajo. Nadie está libre de un error que esperamos no vuelva a producirse."
     "Creemos más práctico hacer la devolución inmediata de estos paquetes, en la seguridad de que ustedes nos harán una nueva remesa, esta vez en perfectas condiciones."
     "Nos vemos obligados a anular esta factura..."
     (Piense usted mismo en otras frases equivalentes a las sugeridas.)

## 5. SEGUNDO EJEMPLO DE RECLAMACION SOBRE UN ENVIO DEFECTUOSO

**Protegido por un embalaje perfecto, se recibe un sofá con una mancha muy grande en el tejido y algunos arañazos en la madera del respaldo. Una vez comprobado que el transportista no tiene culpa, se cursa la reclamación al proveedor, solicitando un descuento especial que compense estos desperfectos, o sencillamente el cambio del sofá por otro en perfectas condiciones, después de que el representante de la fábrica haya confirmado la veracidad de nuestras reclamaciones.**

Muy señor nuestro:

Hemos recibido los muebles objeto de nuestra orden de pedido número 18 del 20 de agosto y le agradecemos su envío.

Las sillas y sillones, cuidadosamente embalados, han llegado en perfectas condiciones.

Protegido por un embalaje similar, hemos retirado el sofá de terciopelo marrón, referencia AF. 3. Imagínese nuestra sorpresa al ob-

1 servar en el respaldo algunos arañazos y, sobre todo, una **horrible** mancha sobre el tejido, que se extiende a lo largo de unos 15 por 20 centímetros. ¿Cómo es posible que este defecto se haya escapado a la vigilancia de su servicio de expedición? Sin duda alguna, estos daños existían antes de salir el mueble de sus almacenes, pues el embalaje
2 exterior no delataba el menor síntoma que **puede** motivar la extensión de tan profunda mancha.

3    Siguiendo nuestra costumbre, se ha procedido a desembalar este sofá en presencia de un empleado de la agencia de transportes y he-
4 mos **decidido** que no había responsabilidad alguna por parte de dicha agencia.

En estas condiciones no cabe otra solución que devolverle, a su
5 cargo, un diván imposible de vender; **por esto,** le rogamos el cambio
6 **urgentemente,** esperando que comprenda **perfectamente** el motivo de esta devolución.

,    Eventualmente podríamos encargar a un tapicero de toda confianza la reparación de esta inoportuna mancha, disimulándola con un tejido decorativo. En este caso, tendría usted que hacernos una reducción en el precio, de acuerdo con los gastos ocasionados por tal reparación.

¿Qué otra solución prevé usted? Le agradeceremos nos dé a conocer su decisión a este respecto.

7    **Esperando** una pronta respuesta, **reciba** nuestros saludos más cordiales.

## Crítica

### El fondo

El tono de esta carta es correcto. Sus defectos consisten en la forma.

### La forma

1    "Horrible mancha" expresa una idea con demasiada exageración o intensidad. Ya hemos expuesto en la página 32 casos parecidos. Búsquese, por tanto, otro adjetivo.

2    Falta gramatical. La concordancia del verbo no es correcta. Habría que decir "que haya podido motivar...", "que pudiera motivar..."

3    *Se,* forma reflexiva del pronombre personal de tercera persona, no se debe de emplear en una frase en que estamos hablando en primera persona de plural. Véase ejemplo recogido en la página 48.

4    Con esta frase damos la impresión de haber decidido algo infalible que no admite discusión. Deberíamos decir: "hemos comprobado...", "hemos llegado a la conclusión...".

5    Véase la explicación de esta falta en el capítulo "Palabras de coordinación".

6    Debemos evitar a toda costa la reiteración en el empleo de adverbios terminados en *mente*. El capítulo relativo a los adverbios brinda diversos ejemplos.

7    Las fórmulas de cortesía o despedida se descuidan mucho con relación al contenido o al sentido de la carta. Recordamos cuanto se ha dicho sobre el particular en las páginas 61 y 62.

## 6. RESPUESTA A LA RECLAMACION INJUSTIFICADA DE UN CLIENTE

Este cliente recibió en mal estado una serie de frascos de cristal y de objetos de porcelana. Se ha dirigido a nosotros en términos muy agrios reclamando la devolución del pago de estos artículos, así como el importe de los gastos originados por la devolución. El reclamante no siguió los útiles consejos que oportunamente le dio nuestro servicio de expediciones. Vamos a contestar, pues, a su reclamación:

Muy señor nuestro:

1-2    **Damos respuesta** a su carta de reclamación **en la que** nos expone su gran contrariedad por el mal estado que ofrecía el contenido del paquete recibido.

3-4    **No tenemos nada que ver** en estos desperfectos y **hace mal en reclamar.** El cajón de embalaje era perfecto y fue revisado por la agencia de transportes cuyo encargado comprobó personalmente el contenido de la expedición antes de ser efectuada, ya que se trataba de un envío con la indicación especial "Muy frágil".

5    **Ya previnimos a usted de antemano** lo que debía hacer al retirar la expedición. Recordará nuestro insistente ruego para que desembalara este paquete en presencia de un jefe de la agencia, única responsable de lo ocurrido. No comprendemos, por tanto, cómo no ha seguido nuestras instrucciones al pie de la letra.

Todavía está usted a tiempo de enviar una carta al director de la agencia, pero, sinceramente, no creemos que obtenga ningún resultado práctico.

Para demostrarle nuestra buena voluntad, por esta vez nos haremos cargo de los gastos de transporte del nuevo envío y le concederemos excepcionalmente un plazo de noventa días para el pago de la factura.

6    **Determine** usted a vuelta de correo.

Atentamente.

## Crítica

EL TONO

La forma de expresarse es demasiado árida. No deja entrever propósito de arreglo amistoso. Recuérdese la norma americana, "el cliente siempre tiene razón", aunque no sea así. Por este motivo, incluso si no estamos en absoluto de acuerdo con sus reclamaciones, debemos hacérselo comprender sin herirle ni disgustarle. Cuidando la forma, lo habremos conseguido.

LA FORMA

1   "Damos respuesta". Frase tópico o trivial, cuya corrección puede encontrarse en la página 29.

2   "... en la que..." Emplee otros ejemplos (página 45) que se dan en el epígrafe "Palabras de coordinación".

3   "No tenemos nada que ver..." Forma de escribir que refleja el lenguaje hablado corriente y vulgar. Debe ponerse más cuidado en estas expresiones escritas, aparte de que por la frase parece que "a posteriori" nos desentendemos de todo. (Pág. 12, lenguaje poco cuidado.)

4   "Hace mal en reclamar". Réplica demasiado contundente. Un lenguaje que debemos eliminar totalmente de la correspondencia comercial. Conviene atenerse a las correcciones propuestas en la página 15.

5   "Prevenir de antemano". Se trata de un pleonasmo. Si prevenimos, es que ya se ha hecho "antes", "de antemano". Recuerde la sección de pleonasmos.

6   Frase en exceso tajante, con el empleo de un verbo inadecuado, autoritario. Se podría escribir, por ejemplo: "A usted corresponde decidir cuál de las dos soluciones propuestas le parece más aceptable."

## 7.   DESESTIMACION DEL PEDIDO DE UN CLIENTE

**Como consecuencia de una oferta enviada al Sr. Lorris, éste ha cursado una orden de pedido de muebles muy importante. Los informes obtenidos acerca de la solvencia del Sr. Lorris son pésimos. Nos vemos obligados a informarle que la Sociedad no puede servir este pedido.**

Muy señor nuestro:

Acogiéndose a nuestra oferta, nos ha remitido por su carta del 4 del actual una orden de pedido para:

2 comedores completos estilo inglés, ref. 1008.

6 dormitorios estilo colonial, ref. LC.

5 bibliotecas de nogal africano, ref. BOX.

1-2   Para demanda **tan consecuente, reclama** usted un crédito **muy amplio,** cuando **los demás clientes** hacen sus pagos al contado.

3    Por otra parte, **poseemos informes desfavorables acerca de usted** que no nos permiten estudiar la posibilidad de conceder el crédito solicitado sin correr ciertos riesgos.

4    Por tanto, le agradeceríamos nos informara si le sería posible efectuar el pago al contado de la mitad del importe de este pedido y el resto por una letra a 30 días fecha factura, que sería aceptada por usted en el momento de hacerle entrega de los muebles.

En espera de sus noticias...

## Crítica

### El FONDO

2    Ya se ha insistido en más de una ocasión que jamás se deben comparar los procedimientos o condiciones establecidos con otros clientes.

Olvidamos, en este caso, que no todos los comerciantes pueden efectuar sus compras al contado.

3    Es inadmisible esta frase, viciosamente repetida en cartas comerciales. Decir a alguien que hemos obtenido malos informes suyos es el colmo de la indelicadeza.

4    Demostramos brutalmente una desconfianza total...

### LA FORMA

1    Véanse impropiedades y correcciones de las páginas 18 y 19. Por añadidura, el cliente no reclama: nos pide una concesión, es todo.

### *Cómo deberíamos responder en este caso*

Es muy difícil decir NO, sobre todo cuando el cliente ha surgido por nuestra propia iniciativa. De todas formas, hay que buscar algunos razonamientos convincentes para rechazar esta orden de pedido:

— Nuestro agente publicitario ha enviado un excesivo número de circulares manifiestamente desproporcionado a nuestra capacidad de producción.

— Sería necesario esperar demasiado tiempo para que los nuevos muebles, en curso de fabricación, pudieran ser enviados.

—Acogiéndose a nuestra oferta, numerosos clientes han pasado pedidos pagados al contado, con el fin de tener una preferencia en el suministro. Tenemos, por tanto, una obligación con ellos y debemos servirles en primer lugar.

— Dado el gran número de órdenes de pedidos recibidas antes de la suya, muy superior a lo previsto, solamente podríamos servirle dos habitaciones completas, pero en un plazo que no bajaría de los seis meses (pretexto que desalentaría al cliente y que serviría para que por propia iniciativa, anulara su orden).

## 8. UNA SECRETARIA SE HA EQUIVOCADO DE SOBRE

Muy señor mío:

Le devuelvo la factura que he recibido hoy, sin duda por error, destinada a otro cliente.

1 No era mi intención comprobar que los precios en ella relacionados no son iguales para todos los clientes. ¿Por qué razón los pre-

2 cios no son los mismos para todos? Los **viejos clientes** deberíamos gozar de un trato más favorable.

3 ¿No he pagado a ustedes hasta ahora puntualmente? Compruebo que los abrigos de señora, ref. 376, se facturan al Sr. Carillón a unos 10 $ menos que a mí.

4 **Quisiera saber** las causas.

Espero una pronta respuesta a vuelta de correo y le saluda atentamente.

### Crítica

Redacción defectuosa en general. Pobre de argumentos y mal expuestos. Es un ejemplo de carta comercial que habría que rehacer casi completamente.

EL FONDO

Es cierto que esta equivocación, a primera vista, puede provocar una desagradable sorpresa. Sin embargo, hay que razonar despacio cuáles pueden ser las razones que obligan al proveedor a aplicar precios diferentes en distintos casos.

— Por diversos motivos, sobradamente conocidos en comercio, hay muchos clientes que gozan de condiciones más ventajosas. Quien escribe esta carta alega ya una condición: la de *antiguo cliente,* que a su juicio (y con razón) es merecedora de una atención especial.

— Para criticar las causas por las cuales el Sr. Carillon obtiene una reducción de 10 $ en cada abrigo habría que saber primero qué cantidad de piezas de la misma ref. pidió anteriormente este señor.

— No hay que olvidar tampoco que existen contratos para suministros al por mayor que, naturalmente, permiten al comprador obtener mejor precio y obligan al proveedor a hacer este tipo de concesiones.

— También ha podido el Sr. Carillón anticipar el pago de sus pedidos para conseguir precios más ventajosos en sus compras.

LA FORMA

1 El sentido de las quejas formuladas parece reflejar la mentalidad de un niño enfadado, que reclama para sí lo que ve en manos de otros niños. Podría decirse lo mismo de esta forma: "¿Qué puede motivar estas diferencias?"

2    Impropiedades, pág. 18.

3    La puntualidad en sus pagos no juega aquí papel alguno. No es de buen gusto hablar en este caso de "dinero" como apoyo de un reproche hecho a un proveedor. (Véase "Lenguaje demasiado directo", pág. 14.)

4    En lugar de esta expresión, escriba: "Me agradaría que usted me informara sobre el particular".
Véase el mismo tema en la pág. 122, escrito en una carta correcta.

## 9. SOLICITUD DE INFORMES

Muy señor mío:

1    **Perdone** que recurra a su **gentileza** para obtener informes acerca de

2          Zapaterías Reunidas del Norte
          Calle Perú, 502
          **Santiago**

Su Director, Sr. Ray, me ha pasado un importante pedido que se eleva a 10.000 $, aproximadamente, cantidad que se compromete a pagar una vez transcurridos seis meses de la entrega del material.

3    ¿Qué confianza puedo **dar** a esta firma que, según me indica, está en relaciones con ustedes desde hace 20 años?

4    Le quedaría **infinitamente** reconocido si me diera su opinión y

5-6  con mi agradecimiento **por anticipado** reciba mis más **distinguidos** saludos.

### Crítica

EL FONDO

2    Siempre que sea posible no se debe escribir el nombre de la persona que representa a la firma sobre la cual deseamos obtener informes. Se trata de conocer la solvencia de la firma X y no influye para nada en ello que haya sido el Director Sr. Ray u otro el que nos ha escrito en nombre de la Sociedad.

4    Algunas firmas se resisten a dar informes de sus clientes, ante el temor de que por cualquier indiscreción llegue a oídos del interesado. Por ello, al solicitar informes es muy importante ofrecer toda clase de seguridades acerca del carácter reservado que daremos a los informes que recibimos. También es imprescindible ofrecer recíprocamente un servicio análogo por si alguna vez pudiéramos ser útiles.

LA FORMA

1    "Gentileza". Impropiedad, véase pág. 18.

3    Palabras o conceptos triviales, pág. 26.

5    Véase la pág. 32 referente a palabras que expresan un sentimiento exageradamente.

119

6    Fórmula de cortesía demasiado ampulosa. Simplifique esta frase:
     "Le anticipo mi agradecimiento muy sincero y le saluda
     cordialmente."

## 10.  CARTA A NUESTRO REPRESENTANTE

**Nuestro representante ha rechazado un pedido formulado por un nuevo cliente, pretextando que éste exigía un margen de pago de 120 días, cuando nuestras condiciones de venta estipulan 30 y 60, o pago al contado con un descuento del 2 %.**

Estimado señor:

1    La firma Vistur que usted visitó recientemente expone que nos
2    habría pasado un importante pedido si **usted no hubiera sido demasiado** estricto en la aplicación de nuestras condiciones de pago.

3    Lamentamos su **inexperiencia** en esta ocasión, que nos ha privado de un nuevo cliente.

     En el futuro, y para evitar que errores semejantes puedan pro-
2    ducirse, **nos comunicará** las exigencias que plantee la clientela; nosotros decidiremos en consecuencia, según cada caso, y usted recibirá instrucciones a este respecto.

5    Escribimos al cliente para tratar de **recuperar este pedido**.
     Cordialmente.

### Crítica

EL FONDO

El sentido de esta carta va a herir y descorazonar al joven representante, que antes dio muestras de gran actividad y de entusiasmo.

Su error consiste en la aplicación rigurosa de nuestras condiciones de venta. Indudablemente, debiera de habernos consultado, pero... ¿le hemos sugerido en algún momento que lo hiciera en casos parecidos? ¿No nos habremos dado cuenta demasiado tarde? Las consecuencias de este error, por tanto, se deben en un cincuenta por ciento a nosotros mismos.

Nuestra secretaria, a la que no hemos dictado esta carta, le reprende como si se tratara de un escolar.

*Busquemos hábilmente un punto de partida*

Antes de hacer una observación desagradable sería preciso agradecerle sus aciertos anteriores:

1    "Le agradecemos su carta del... y las órdenes de pedido obtenidas durante su visita al Norte de Colombia. Su labor en esta zona ha sido muy fructuosa y estamos muy satisfechos del resultado."
     (Emplee otra frase parecida.)

LA FORMA

2      "Si usted no hubiera hecho esto... si no hubiera obrado de esta manera..., etc." No hay razón para formular reproches de esta índole, ya que al partir no le hemos advertido sobre casos especiales que pudieran plantearse en el transcurso de su viaje.

3      Por exagerado, suponemos lo que este término puede zaherir. En nuestra contrariedad por haber perdido un suministro, no demostramos comedimiento ni moderación de ninguna clase. Si este viajante fuera verdaderamente un inexperto, la responsabilidad recaería enteramente sobre nosotros por haberle contratado: no hemos sabido juzgar su experiencia y sus conocimientos cuando se ofreció para prestar sus servicios en nuestras empresas.

4      Hay que atenuar en lo posible el sentido autoritario de esta frase: "Le agradeceremos que en el futuro nos consulte..."

5      "Recuperar". Entra dentro del lenguaje corriente poco cuidado. Esta palabra refleja materialismo; un cliente no es un "material recuperable", sino alguien a quien debemos atraer nuevamente. Sería preferible escribir: "Vamos a tratar de entrar nuevamente en contacto con este señor..."

Busque algunas frases equivalentes.

# 2. ANALISIS DE ALGUNAS CARTAS BIEN REDACTADAS

## 1. CARTA DANDO UNA CONTRAORDEN

Muy Sres. nuestros:

Reiteración
de
un pedido

El 15 del actual cursamos a ustedes nuestra orden de pedido por los siguientes artículos:

— 10 tocadiscos automáticos, ref. STEREO AZUL.

— 10 altavoces supletorios, ref. STAR DUPLEX.

— 5 televisores 23", mandos automáticos, ref. DIA-MOND.

— 2 televisores portátiles, ref. JAPAN BLUE.

Solicitud
de
anulación

Sentimos tener que darles una contraorden, **hecho excepcional en nuestras normas comerciales.** Les agradeceríamos que consideraran como no recibida nuestra carta del 1.º del cte. Con ello nos prestarían un señalado servicio que **sería tenido en cuenta en el futuro de nuestras relaciones.**

Exposición
de
razones

Acabamos de informarnos de la quiebra de la firma X. La mayoría de los artículos comprendidos en nuestra orden habían sido solicitados por esta Sociedad. Aunque no hemos recibido noticias directas de estos señores, hemos podido averiguar confidencialmente que a partir de hoy se han visto obligados a suspender pagos.

En estas circunstancias, comprenderán fácilmente que sería muy aventurado hacernos cargo de los artículos pedidos, ya que, por su especialidad, difícilmente tendrían salida dentro de nuestra marcha normal de ventas.

Ustedes conocen perfectamente cuál es nuestra demanda de sus productos. Si comprueban el carácter especial del pedido, cuya anulación solicitamos de ustedes, se harán eco inmediatamente de nuestros temores.

Fórmula
final

Confiamos en que, dada su amabilidad acostumbrada, su respuesta será afirmativa.

Anticipándoles nuestro sincero agradecimiento, les saludamos muy cordialmente.

## Análisis

**1er. párrafo:** Usted ya sabe que en su correspondencia debe referirse siempre a la orden de pedido cursada. ¿Por qué? ¿Qué significación tiene para su proveedor este detalle?

**2.º párrafo:** "... hecho excepcional en nuestras normas comerciales". ¿Qué hace usted observar a su proveedor con respecto a la conducta comercial que ha seguido usted siempre? ¿Qué le deja entrever para el futuro?

Algo así como: "... Es la primera vez que solicito una anulación de pedido y será verdaderamente la última."

"... que sería tenido muy en cuenta en el futuro de nuestras relaciones".

¿Qué prometemos al proveedor con esta frase si su respuesta es afirmativa? ¿No es un compromiso moral para el futuro? Es prueba de leal reciprocidad por nuestra parte al gesto que esperamos de la suya...

**5.º párrafo:** Le hacemos observar, con toda franqueza, las circunstancias que nos mueven a solicitar la anulación del envío. Dicho así, ¿no resulta difícil pensar en una negativa rotunda del proveedor para solucionar un problema que tanto perjuicio nos ocasiona? El mismo proveedor sabe también lo que se juega, caso de no acceder a nuestra petición, puesto que se lo apuntamos de una forma muy discreta.

## 2.  DESESTIMACION DE UNA CONTRAORDEN

**Una firma cualquiera nos ha pasado una orden de pedido, muy importante, para juegos de cama bordados, de diferentes modelos.**

**Quince días después, nos envía una contraorden anulando su pedido. Para ello, invoca causas de fuerza mayor. Nuestra contestación es negativa.**

| | |
|---|---|
| Acuse de recib | Muy Sr. nuestro: |
| | Acusamos recibo de su carta del 15 de abril solicitándonos la anulación de su orden de pedido num. 28, cursada el 1.º del actual. |
| Puesta en marcha de confección | En nuestro deseo de complacer siempre **a nuestros clientes aun a costa de los sacrificios que ello pueda suponer para nuestros servicios,** y teniendo en cuenta el corto plazo de entrega que usted solicitaba, inmediatamente de recibir su orden de pedido iniciamos la fabricación de los juegos de cama bordados. |
| | Los dibujos fueron ejecutados tres días después de la |

123

> recepción de su orden. A renglón seguido se distribuyeron entre las obreras especializadas en esta clase de bordados y comenzaron el trabajo sin más demora, aceptando incluso una jornada suplementaria de tres horas, con el fin de terminar estos bordados en el plazo previsto.

Para conseguir que nuestro personal accediera a trabajar estas horas suplementarias debimos vencer alguna resistencia y ofrecer primas especiales al margen, naturalmente, del importe de las horas extraordinarias realizadas.

| | |
|---|---|
| Deseos de buscar solución | Ante su petición, comprobamos en seguida las órdenes pendientes de servir por si, entre ellas, hubiera demandas similares a la suya. También nos dirigimos a nuestros representantes en este sentido. Esta rápida encuesta no ha sido satisfactoria; no vemos la posibilidad, por ahora, de dar salida a estos juegos de cama, teniendo en cuenta, además, que se trata de dimensiones, calidad de tejido y dibujos especiales, que hacen difícil prever el envío de estas piezas a otro cliente. |
| Negativa y razonamientos | Estas dificultades nos impiden aceptar la anulación de pedido que solicita. <br> Por otra parte, la cláusula 4.ª de nuestras condiciones generales de venta, impresas en el duplicado de la orden que usted posee, estipula el pago de unos derechos de indemnización, en caso de anular un pedido, que serían demasiados elevados para usted y compensarían en muy pequeño porcentaje nuestros gastos. En defensa de sus propios intereses, creemos que, como mal menor, es más ventajoso para usted hacerse cargo del pedido en curso de ejecución muy avanzada que recurrir a la aplicación de la cláusula citada. |
| Compensaciones | No obstante, con el fin de complacerle en aquello que esté a nuestro alcance, podríamos fijar **el pago escalonado en cómodos y amplios plazos, haciendo una excepción de nuestras condiciones habituales.** <br> A este respecto, le agradeceríamos nos expusiera **sus posibilidades de pago** y plazos que usted desearía obtener. |

Estamos seguros de que sabrá comprender las circunstancias especiales que nos impiden anular este pedido, y en espera de sus noticias, le enviamos un cordial saludo.

## Análisis

**1<sup>er</sup>. párrafo:** Precisiones ya analizadas a lo largo de numerosos ejemplos.

**2.º párrafo:** "... de complacer **siempre**" es un buen comienzo de carta para demostrar nuestra buena voluntad al servicio del cliente, aunque sea para decir algo que no esté en consonancia con sus deseos. En la vida cotidiana, también tomamos toda clase de precauciones para comunicar una mala noticia. No es de extrañar, pues, que en el mundo comercial procedamos de idéntica manera. Es un modo hábil de mitigar la respuesta negativa que nos vemos obligados a dar.

**4.º párrafo:** Tentativa razonable de solucionar el asunto. ¿Qué concepto le merece este proveedor? ¿Qué esfuerzos hace para complacerle? Ante la sinceridad de los argumentos expuestos, ¿no sería usted demasiado exigente si no aceptara de buen grado esta respuesta negativa?

**5.º párrafo:** Hay que aludir siempre discretamente a los derechos que nos asisten, si es necesario para justificarse, aunque no se impongan al cliente estos derechos.

Suponiendo que se reclamara la indemnización ¿sería realmente acertado o ventajoso? ¿Piensa usted que, de hacerlo, podríamos seguir manteniendo a esta firma entre nuestra cartera de clientes?

**Conclusión:** ¿No es aconsejable transigir?

## 3. RECLAMACION ACERCA DE UNA LETRA DE CAMBIO CUYO IMPORTE NO CORRESPONDE AL SALDO DE NUESTRA CUENTA

El Sr. Benor observa que su proveedor, Sr. Cantal, ha olvidado deducir una nota de crédito de 346 $ en su extracto de cuenta mensual. Este abono corresponde a una devolución de mercancías. El Sr. Benor advierte en seguida a su proveedor del error que se ha producido y, para rectificarlo, propone diversas soluciones. Veamos las cartas del Sr. Benor y del Sr. Cantal, respectivamente.

### Carta del Sr. Benor

Muy Sr. mío:

Acabo de recibir su extracto de cuenta, resumen de las facturas correspondientes a las compras efectuadas durante el mes de mayo, por cuya totalidad me anuncia un giro a 30 días.

**Me permito señalarle un error:** su servicio de contabilidad ha omitido deducir la suma de 346 $ correspondiente a su nota de crédito núm.

3.489 del 2 de mayo, por mi devolución de algunos artículos defectuosos, que detallo a continuación:

6 ventiladores de lujo, ref. 1000-A.
4 planchas super automáticas, ref. RAPID.

**Le agradeceré que rectifique** el importe de la letra girada a mi cargo, si todavía hay tiempo para ello. De no ser posible, puede usted optar por enviarme un cheque o transferencia por el importe de la nota de crédito.

Por último, no tendría inconveniente en que me reemplazara las piezas devueltas, ya que su venta es muy corriente y no ofrece dificultad alguna.

**Aunque me hago cargo del mucho trabajo que pesa sobre usted en estas fechas,** le quedaría muy agradecido si me pudiera informar lo antes posible de la solución escogida entre las propuestas.

Con este motivo, le saluda como siempre, muy atentamente...

### Respuesta del Sr. Cantal

Muy Sr. mío:

En primer lugar, **le ruego disculpe** mi error.

En el expediente abierto a su nombre en nuestros archivos figura, efectivamente, un duplicado de la nota de crédito 3.489 del 2 de mayo, por un importe de 346 $.

Acepto gustosamente una de las tres soluciones **que tan amablemente me propone,** y con fecha de hoy le envío los artículos que devolvió en su día, de la misma referencia y calidad, pero presentados en estuches especiales de lujo, sin cargo alguno suplementario. Con ello, **aspiro a compensarle en parte de las molestias ocasionadas.**

Tenga la seguridad de que mi Departamento de Contabilidad ha tomado las medidas necesarias para que no vuelva a repetirse un olvido similar.

**Reiterándole mis disculpas, reciba mis saludos más cordiales.**

### Observaciones

En ambas cartas se ha puesto sumo cuidado en atenuar el sentido de las expresiones, sobre todo, en las de reclamación. Observe usted mismo la extrema corrección de las frases destacadas en negrita.

## 4. ERROR IMPUTABLE AL BANCO

Nuestro proveedor ha recibido una letra devuelta, girada a nuestro cargo. A pesar de que nuestra cuenta en el Banco figuraba con fondos suficientes, la letra fue devuelta con la indicación "Impagable". Resultado de la investigación: el Banco la rechazó por coincidir nuestro nombre con el de otro cliente, cuya cuenta figuraba al descubierto. Se trata, por tanto, de un error del establecimiento bancario. Escribimos inmediatamente a nuestro proveedor para borrar la mala impresión que este incidente ha podido producirle:

Muy Sres. nuestros:

| | |
|---|---|
| Sorpresa | Nos ha **extrañado sobremanera** su comunicación acerca de la letra girada a nuestro cargo por un importe de 142 $, con vencimiento 20 del actual, devuelta a ustedes por el Banco con la anotación "impagable". |
| Encuesta | **Inmediatamente nos hemos puesto en contacto con el Director** del Banco, quien nos confirmó haber recibido el 10 del actual nuestras instrucciones para domiciliar allí el pago de dicha letra con cargo a nuestra cuenta. Hechas las averiguaciones correspondientes, nos ha explicado lo sucedido: |
| Explicación del error | El Sr. Luis Tarnel, con domicilio en Avenida de la Paz, 25, de esta ciudad, tiene cuenta abierta con saldo al descubierto. Nuestra cuenta figura a nombre de José Luis Tarnel, y nuestra razón social es igualmente avenida de la Paz, aunque no en el mismo número. Se trata, pues, **de una inoportuna coincidencia de apellidos y razón social** que ha provocado error tan lamentable. |
| Borrar la mala impresión | **Pueden imaginarse cuánto nos ha contrariado** este incidente, máxime cuando se trataba de la primera operación realizada con ustedes. **Sentiríamos que pudiera ser causa de cualquier duda en el futuro acerca de nuestra solvencia.** Por esta razón, deseamos insistir en que nuestra tesorería es lo suficientemente sólida para hacer frente a nuestros compromisos. En todo momento, incluso en épocas de grandes dificultades económicas generales, nuestra firma ha cumplido fiel y puntualmente sus pagos, en los plazos previstos, sin tener que solicitar prórrogas o aplazamientos en ningún caso.<br><br>No tendríamos inconveniente alguno en que ustedes mismos confirmaran la veracidad de nuestras afirmaciones a través de sus propios informes, y agradeciéndoles su atención... |

## Análisis

**Justificación:** Error que puede producirse en alguna ocasión, sobre todo en pequeñas ciudades donde los apellidos se repiten con más frecuencia.

**Borrar la mala impresión producida:** Hay que tener presente que acabamos de iniciar nuestras relaciones con este proveedor; todavía no nos conoce suficientemente. ¿Qué tememos? Que el apellido Tarnel vaya asociado en la mente del tenedor de libros de nuestro proveedor a una idea de insolvencia. A veces hay impresiones tenaces que cuesta mucho trabajo borrar. Esto explica la insistencia en probar nuestro honorabilidad, apoyándonos para ello en nuestra reputación comercial de numerosos años.

Analice usted mismo la explicación o la justificación del empleo de las frases que figuran en negrita.

## 5. LA SECRETARIA SE HA EQUIVOCADO DE SOBRE

**(Véase carta comentada en la página 118)**

### EL PROVEEDOR CONTESTA JUSTIFICANDO LA DIFERENCIA DE PRECIOS

Muy Sr. mío:

Responder con elegancia a la reclamación

Antiguas relaciones

Contrato para cantidades importantes

Como usted muy bien indica, la equivocación de una secretaría no tiene gran importancia **cuando se trata afortunadamente de clientes tan comprensivos como usted.** Me es grato, pues, darle algunas explicaciones sobre la diferencia de precios que ha observado.

Hace más de treinta años que mantengo relaciones con la firma Carillon. Esta familia de comerciantes ha dado pruebas de una confianza total hacia nuestra firma, cubriendo a través nuestro la casi totalidad de sus necesidades de artículos.

Por otra parte, en vista del considerable volumen de sus pedidos, hemos decidido de común acuerdo firmar un contrato especial para las operaciones del año en curso. La importancia de las transacciones, **cuya cifra no puedo mencionar sin pecar de indiscreto,** justifica las concesiones que en precios he debido hacer a la firma Carillon.

| | |
|---|---|
| Deseos de incrementar nuestras relaciones | **Estoy seguro de que usted mismo habrá intuido** los motivos especiales que justifican estas diferencias de precios y le agradezco su comprensión y su amabilidad. Tengo la convicción de que este incidente no tendrá repercusión alguna en nuestras relaciones comerciales. Celebraría que en sus futuros pedidos pudiera aplicar tarifas más interesantes para usted. Para ello, incluyo nuestra lista de precios con tarifas escalonadas de acuerdo con: |

cantidades
calidades
forma de pago

| | |
|---|---|
| Anejos: Lista de precios | **Con mis reiteradas disculpas y siempre a su disposición,** le envía un cordial saludo. |

## Análisis

**1er. párrafo:**

— Hay que dar como hecho cierto, aunque no fuera así, el tacto y la experiencia del cliente. Al asegurarle que es muy comprensivo se supone que no va a volver a la carga solicitando nuevas reclamaciones o formulando nuevas réplicas a nuestras explicaciones.

— Le señalamos que, afortunadamente, el error se ha producido ante un cliente de su comprensión. Es decir, le indicamos que estamos seguros de antemano de su amabilidad y de que sabe disculpar cualquier error o aceptar cualquier explicación.

**3er. párrafo:**

— "... sin pecar de indiscreto". Damos prueba de mucha delicadeza en esta expresión. Independientemente de que no se puede ni se debe revelar la cifra de negocios alcanzada con otros clientes, le demostramos que la discreción es norma estricta en nuestro modo de obrar y que tampoco facilitaríamos, llegado el caso, cifras sobre el volumen de negocio que mantenemos con él, si nos pidieran informes comerciales sobre su firma.

129

**4.º párrafo:**

— "... de que usted mismo habrá intuido". Equivale a decir que le consideramos inteligente, comprensivo, razonable, para adivinar los motivos de lo ocurrido sin necesidad de nuestras explicaciones.

**Fórmula de despedida:** En todo error, es aconsejable presentar nuestras disculpas al principio de la carta y reiterarlas al final. Para ello, nada mejor que aprovechar la fórmula de despedida.

En este ejemplo de carta, los elogios que hacemos al cliente en el primer párrafo tienen carácter de excusa.

## 6. DISMINUCION EN LOS PEDIDOS DEL CLIENTE

**Deseamos informarnos con todo tacto de las causas que han originado la disminución de sus pedidos y de nuestras relaciones en general.**

Muy Sr. nuestro:

Pretexto contable

Nuestro servicio de Contabilidad nos informa periódicamente del movimiento de cuentas de nuestros clientes. En su caso, observamos que desde hace algunos meses se viene reflejando cierto descenso en el ritmo de las operaciones realizadas con su firma. **Permítanos, en beneficio mutuo, examinar con usted las causas que pueden haber provocado esta situación.**

¿Crisis de venta?

Esperamos que la crisis que se deja sentir actualmente en el comercio no haya tenido consecuencias para su establecimiento y desearíamos que haya podido superar este difícil período **de manera satisfactoria para sus intereses.** Si desgraciadamente nuestras esperanzas no se confirmaran, podríamos brindar a usted nuestra ayuda por medio de:

— envíos en calidad de depósito durante tres meses con devolución, a partir de dicha fecha, de las mercancías invendidas,
— reposición en firme de los artículos vendidos a cuenta de este depósito, con pago diferido a 120 días,
— pagos escalonados, crédito más amplio,
— un descuento especial mientras duren las actuales circunstancias.

¿Precios demasiado elevados?

Es posible que el poder de adquisición de la clientela haya disminuido y que por ello nuestros artículos de lujo tengan más difícil salida. Si nuestra suposición es

¿Entregas
defectuosas?

Disculpas

fundada, podríamos orientar nuestros envíos hacia artículos de calidad ligeramente inferior, aunque igualmente apreciados y de excelente presentación y acabado.

No descartamos la idea de que exista algún malestar por su parte ante cualquier anomalía por entregas defectuosas, **caso posible a pesar de la constante vigilancia y celo de nuestro Jefe de expediciones.** Si fuera así, le agradeceremos nos lo señale para subsanar este error inmediatamente.

Disculpe estas molestias. Estamos persuadidos de que no verá indiscreción alguna en nuestras gestiones, sino un deseo muy sincero de reanudar nuestras excelentes relaciones comerciales de siempre.

Con este motivo, reciba, estimado señor..., nuestros afectuosos saludos.

## Análisis

**1er. párrafo:** "Permítanos, en beneficio mutuo..." Indudablemente no podemos inmiscuirnos en los asuntos ajenos mientras no se nos pida colaboración expresa en tal sentido. Por lo tanto, solicitamos este favor, esta ayuda mutua: campo abierto para penetrar en las preocupaciones del cliente y ayudarle a resolverlas. Para ello, añadimos: "... en beneficio mutuo".

**2.º párrafo:** Primera suposición: crisis comercial. La frase "... no haya tenido consecuencias para usted...", es una especie de elogio o confirmación del buen criterio que nos merece nuestro cliente y de la confianza que tenemos en que, dada su perfecta organización o su solidez económica, podrá salvar las dificultades momentáneas.

**3er. párrafo:** Otra suposición: ¿Abarca esta crisis a los clientes que buscan por este motivo artículos más económicos? ¿Qué soluciones podemos brindar?

**Atención:** NO OFRECER NUNCA BAJA DE PRECIOS, SINO CALIDAD LIGERAMENTE INFERIOR O CALIDAD SIMILAR CON PRESENTACION MAS MODESTA. Viene a ser igual que una rebaja de precios; una calidad inferior o presentación menos lujosa lleva consigo un precio más reducido. Hay que insistir, sin embargo, en que ambas modalidades, calidad ligeramente inferior y presentación, son dignas también de consideración y estima por parte del cliente y que a pesar de todo no desmerecen en absoluto de los artículos más caros. **Nunca se debe menospreciar lo que se ha vendido anteriormente.**

**4.º párrafo:** ¿Estará descontento nuestro cliente..., ese cliente razonable que nunca se queja, que jamás reclama, que se dirige simplemente a la competencia cuando hemos tenido la desgracia de no complacerle? Es muy noble reconocer la posibilidad de un error, de una anomalía por nuestra parte; el cliente apreciará este rasgo de franqueza tanto o más que cualquiera de las soluciones que le brindamos. Si se trata de una firma que no se atreve a exponer sus quejas, habremos dado un buen paso para que en el futuro lo haga sin más escrúpulos y lo agradecerá doblemente.

**Fórmula final:** Hay que procurar que esta gestión, nuestra encuesta, se presente como una sugerencia, una puerta abierta para que el cliente nos facilite a su vez cuantas fórmulas crea conveniente. Queremos ayudarle, pero no sabemos cómo. Se lo hemos expuesto con tacto, llanamente, y estamos seguros de que así ganaremos su confianza. Su contestación será muy cordial y si no tiene necesidad, a pesar de todo, de recurrir a nuestra ayuda, el gesto pesará muy favorablemente en las futuras relaciones comerciales con esta firma.

# INCORRECCIONES DE LENGUAJE MAS USUALES EN COMERCIO

Independientemente de la adaptación española de la obra de Mandoune, y aunque algún caso pudiera repetirse inevitablemente, hemos creído interesante resumir al final de este libro algunas incorrecciones y vicios de lenguaje más corrientes y reiterados en la correspondencia comercial.

Para ello hemos recurrido a la obra "Diccionario de Incorrecciones" (2.ª edición, Paraninfo, 1967) de la que hemos entresacado las frases y locuciones comerciales incorrectas más usuales, y sus correspondientes correcciones.

Merece destacarse que estas frases y cuantas figuran en la mencionada obra no son fruto caprichoso de la imaginación de unos autores, sino que han sido pacientemente recopiladas de ejemplos prácticos, correspondencia, escritos comerciales, conversaciones, etc., a través de una ingente labor de numerosos años.

| INCORRECCIONES | FORMAS CORRECTAS |
|---|---|
| Se dice o se escribe: | Debe decirse o escribirse: |
| Derechos a satisfacer. | Derechos que se satisfarán (o que habrán de satisfacerse). |
| Asuntos a tratar. | Asuntos que serán tratados. |
| A condición... | Con la condición... |
| No dar a basto al público. | No dar abasto al público. |
| A beneficio. | En beneficio. |
| A mano (entregar a). | Entrega en mano. |
| Esto se vende a más precio. | Esto se vende a precio más alto. |
| A propósito de los valores en el Banco. | En cuanto a los valores en el Banco Respecto a los valores... Tocante a los... |
| A rayas azules (impropiedad). | Con rayas azules. |
| A venta (está). | En venta o de venta (está). |
| Le dio la paga adelantada (barbarismo). | Le dio la paga por adelantado. |

133

Le adjunto las facturas que me pide (admitida).

Le acompaño las facturas que me pide (preferible).

Luego se agregará (pleonasmo).

Se agregará. (Nada se agrega antes o después; se agrega simplemente.)

Al haber dinero en caja.

De haber dinero en caja.

Al detall (venta o vender).

Al pormenor, al menudeo.

Al mayoreo.

Por mayor (vender...).

Al por mayor (admitida).

Por mayor (preferible).

Precio alto (admitida la frase por tratarse del precio de la cosa).

Precio caro (preferible).

Ante los atropellos de semejantes patronos...

En vista de los atropellos de semejantes patronos...

Aprovisionar (admitida).

Proveer (preferible).

Apto de empleo.

Apto para el empleo.

El país atraviesa una crisis (barbarismo).

El país pasa por una crisis.

Nuestra sociedad atraviesa grandes dificultades.

Nuestra sociedad sufre (o pasa por) grandes dificultades.

Bajo estas bases.

Sobre estas bases.

Estamos muy atrasados bajo este concepto.

Estamos muy atrasados en este concepto.

Bajo este punto de vista.

Desde este punto de vista.

Crear un sistema bajo base...

Idear un sistema fundado en... (o sobre la base de...).

Bajo distintas condiciones.

Con distintas condiciones.

Estudió la cuestión bajo todos sus aspectos.

Estudió la cuestión en (o por) todos sus aspectos.

Bajo este respecto.

A este respecto.

Si quiere que lo haga ha de ser bajo la condición de...

Si quiere que lo haga, ha de ser con la condición de...

Es bien lamentable que...

Es muy lamentable que...

Bimestral (que significa cada dos meses).

Bimensual (dos veces al mes).

Buró o bureau (galicismos).

Mueble con cajones que sirve de escritorio, despacho y oficina.

Bursal (barbarismo).

Bursátil.

C.ª (abreviatura de Compañía).

Cía. (Compañía) (preferible, aunque la R. A. admite: C.ª, C., y comp.ª).

Comensurable.

Conmensurable (cantidad, número...).

Comillas:

| | |
|---|---|
| En "El Fénix" pienso asegurar los muebles. | En El Fénix pienso asegurar los muebles. |
| La fábrica de galletas denominada "El Papamoscas". | La fábrica de galletas denominada EL PAPAMOSCAS. |
| Compró cinco acciones del "Hipotecario". | Compró cinco acciones del Banco Hipotecario. |
| El jefe declaró nulas las leyes como ilegales... | El jefe declaró nulas las leyes por ser ilegales... |
| Compra-venta. | Compraventa. |
| Comptoir. | Mostrador donde se paga, escritorio, caja. |
| Compulsar copia (barbarismo). | Compulsar (compulsar significa ya, sacar copia compulsar de un escrito, es decir, copia sacada judicialmente y cotejada por el original). |
| Computador (barbarismo). | Computista. |
| Computadora (barbarismo). | Máquina calculadora (o que cuenta). |
| Con respecto a... (admitida). | Con respecto de... (preferible). |
| Con tal de que... | Con tal que... |
| Conclusiones finales (pleonasmo). | Conclusiones (no pueden ser sino finales). |
| Sobre uno y otro punto hay todavía mucho que decir. | Sobre ambos puntos hay todavía mucho que decir. |
| Se pagará el día dos y diez del corriente. | Se pagará los días dos y diez del corriente. |
| Muchas son las ventajas e inconvenientes de este sistema. | Muchos son los inconvenientes y ventajas de ese sistema. |
| Yo, el abajo firmante, tiene... | Yo, el abajo firmante, tengo... |
| El infrascrito, ruego a usted... | El infrascrito ruega a usted... |
| Congelar fondos... (anglicismo) (admitida). | Inmovilizar fondos... (preferible). |
| Consecuencia a. | Consecuente con. |
| Considerados estos antecedentes... (barbarismo). | Dados (o supuestos) estos antecedentes... |
| Contable (galicismo por...). | Contador o tenedor de libros. |
| Se le entregará 25 pesetas contra la presentación del citado resguardo. | Se le entregará 25 pesetas previa la (o "a la") presentación del citado resguardo. |
| Llegué a Burgos el día 15 de los corrientes. | Llegué a Burgos el día 15 del corriente (o del presente). |

Cotizar (galicismo).

Pagar una cuota, contribuir a escote.

Este artículo se cotiza a... (barbarismo).

Este artículo vale tanto... (cotizarse es palabra exclusiva de la Bolsa de valores).

Cuenta que puede ser pagada en cualesquiera de los Bancos de la ciudad.

Cuenta que puede ser pagada en cualquiera de los Bancos de la ciudad.
(El pronombre cualquiera, cuando va seguido de la preposición de, no va nunca en plural).

Cumplimentando las órdenes.

En cumplimiento de las órdenes...
A fin de cumplimentar las órdenes...
Para cumplimentar las órdenes...
Para dar cumplimento de las órdenes.

El día último del que cursa (del mes).
El 20 del mes en curso.

El día último del mes corriente, o del corriente.
El 20 del mes que corre (o el 20 del corriente mes).

Cambial.
Cambiar ideas.

Letra de cambio.
Comunicarse (individuos o pueblos).

Carta de visita (galicismo).
Cerrado herméticamente (pleonasmo).
Cien edición.
Clearing (anglicismo).

Tarjeta de visita.
Herméticamente o hermético (lo hermético está siempre cerrado).
Centésima edición.
Sistema comercial de compensación.

Cliente, tas.

Cliente, tes (género común).

Coma (necesaria):

Puerta del Sol 8.
Burgos 10 de noviembre de 1889.
La economía según Cicerón es gran renta, hija del orden.
Cheque de viajero, cheque de viaje (anglicismo).

Puerta del Sol, 8.
Burgos, 10 de noviembre de 1889.
La economía, según Cicerón, es una gran renta hija del orden.
Cheque que permite a los que viajan no tener que llevar grandes cantidades de dinero consigo.

Dar la seguridad.
Negociante de carbones.
El día 30 diciembre.
Estoy cierto que es así.

Dar palabra. Prometer, asegurar.
Negociante en carbones.
El día 30 de diciembre.
Estoy cierto de que es así.

| | |
|---|---|
| De serie (mostradores hechos de serie). | Mostradores hechos en serie. |
| Dar una cantidad a debe (América). | Dar una cantidad a crédito. |
| El director, ausente debido a tener que asistir... | El director, ausente por tener que asistir... |
| Debitar (barbarismo). | Adeudar. |
| A defecto de... | A falta de... |
| En defecto de... (tal cosa). | A falta de... (tal cosa). |
| Déficits (los). | Los déficit (sin s). |
| Desorbitado, da. | Excesivo, exorbitante. |
| Despreocupación (por...). | Descuido, negligencia. |
| Detall (al). | Por menor, menudeo. |
| Devaluación. | Desvalorización. Pérdida de valor. |
| Devaluar. | Quitar valor a la moneda. Desvalorizar. |
| Drástica (rebaja). | Rebaja grande, importante. (Drástico es un medicamento purgante de gran energía). |
| Dumping (inglés). | Venta de grandes existencias a bajos precios. |
| Me basta el saber que es honrado. | Me basta saber que es honrado. |
| El empiece del asunto... (barbarismo). | El comienzo del asunto... |
| Salí en dirección a Toledo. | Salí con dirección a Toledo. |
| Le hablo a usted en comerciante. | Le hablo a usted como comerciante. |
| En ciernes (estar una cosa). | En cierne (en singular siempre). |
| En evidencia. | En ridículo. |
| En gran escala. | Por mayor; pródigamente, sin tasa. |
| En moda. | De moda. |
| En punto a. | En cuanto a. |
| En vía de... | En vías de... |
| ¿Me entiende usted? | ¿Me explico bien? No sé si me explico bien, etc... |
| Entendimiento (llegar a un...). | Llegar a una inteligencia, acuerdo. |
| Entretanto. | Entre tanto. |
| Envergadura (barbarismo por...). | Importancia, porte, prestigio; fuerza, nervio, categoría, fuste. |
| En gran escala (admitida). | En gran cantidad. Por mayor (preferible). |
| Escaparatista (admitida). | Decorador de escaparate para exponer artículos en forma atractiva y espectacular. |
| Le enviaremos un libro esperando sea de su agrado. | Le enviamos un libro que esperamos sea de su agrado. |

Etiqueta (galicismo por).
Etiquetado.
Etiquetar.
Exito de clamor (expresión empleada en la publicidad).
Exteriorizar (por...).
Factage (galicismo).

Factoría (confusión por...).

Finanzar
Financista.
Finanzase (galicismo).

Firma (admitida).
Forfait (francés).

Fotos copia.
Fundamentado.

Fustrar, fustrado.
Gananciales (las).

Gerenciar.

Gerundio (empleo indebido):

Se ha publicado un decreto modificando la tarifa 2.ª de la contribución sobre Gerundio (por el infinitivo).

La Fábrica de Armas STAR, conmemorando el 50 aniversario de su fundación, saluda a todos sus clientes.

Gesto (el).
Perdimos gracias a él, en aquella operación, dos mil duros...

Rótulo. Título.
Rotulado.
Rotular.
Exito grande, enorme, apoteósico.

Exponer, manifestar.
Facturación, acción y efecto de facturar.
Fábrica.
 (Factoría significa "cargo que ostenta el factor o el lugar donde reside éste". Se admite como establecimiento comercial en un país colonial.)

Costear. Financiar.
Financiero.
Hacienda, Banca, asuntos económicos.

Razón social (preferible).
Significa pagar los gastos a prorrata.

Fotocopia.
Fundado o basado en buenas razones.

Frustrar, frustrado.
Gananciales (los) (se refiere a bienes).

Ejercer la gerencia o dirección.

Se ha publicado un decreto que modifica la tarifa 2.ª, etc.

La Fábrica de Armas STAR, al conmemorar el 50 aniversario de su fundación, saluda a todos sus clientes.

Rasgo, ademán.
Perdimos por culpa de él (o por su culpa), en aquella operación, dos mil duros.

Grosso modo (expresión italiana). — Poco más o menos, aproximadamente.

Hacer mal efecto. — Parecer mal, desdecir.

Hacer presentes (con significación de manifestar). — Hacer presente.

El hecho es que tú... (galicismo). — Está comprobado que tú...

Hecho a parte (un). — Otra cosa, cosa aparte.

Herméticamente cerrado (pleonasmo). — Hermético (lo hermético está siempre cerrado).

Hipérbaton (alteración del orden de las palabras).

Composturas de relojes y estilográficas garantizadas. — Composturas garantizadas de relojes y estilográficas.

Ileíble. — Ilegible.

Hacer impacto (galicismo). — Tener repercusión una cosa.

Imprimir movimiento a... (galicismo). — Poner en movimiento.

Incógnita desconocida. — Incógnita.

Incrementación. — Incremento, aumento.

Inflacción. — Inflación.

Inflacionario (admitida en 1964)... — Que produce la inflación.

Inflacionista (admitida en 1964). — Partidario de la inflación.

Insistir de nuevo (pleonasmo). — Insistir.

El interés es de (o del) 4 por ciento. — El interés es de 4 % (o de 4 por 100).

Interés por dentro (en términos bancarios). — Interés anticipado.

Interés por fuera (en términos bancarios). — Interés vencido.

Jornada de mañana — Jornada matutina.

Kilo (admitida). — Kilogramo (preferible), quilo y quilogramo.

Kiosco. — Quiosco (preferible).

Cuestión latente. — Cuestión candente (es lo que quiere decir).

Lejos de prestarle, pídele lo que te debe. — En lugar de...

Levantar los jornales (admitida). — Elevar los jornales (preferible).

Lleno completo (redundancia). — Lleno (el lleno es siempre lleno, y siempre, por tanto, que nada hay o está sin ocupar).

Lleva mala conducta.
Mandatario (por...)
De color marrón.
Acudió más número de visitantes.
Más cantidad.
Más grande.
Más precio.

Materia prima (admitida).
Materialmente (por...)
Mayoreo.
Mercadeo (admitida).
Montante (galicismo).
Hasta que no cobre la extraordinaria no me hago un traje.
Nomenclatura (por conjunto de números).

Nosotros a su vez correspondemos con otro regalo.
Deme la nota (galicismo).
Me repito nuevamente de usted atento y s. s.
Ofertante (barbarismo).
Ofertar (barbarismo).
Onceavo.
Operar una máquina... (admitida).
Orden del día (el).
Palpitante actualidad (barbarismo).
Producto científico para el mareo.
Patrón (de fábrica o empresa).
Pignorar, por...
Planta de energía eléctrica (admitida).
Pluriempleo (neologismo).
Plus valía (barbarismo).
Por cientos (tantos) (barbarismo).
Porcentaje (admitida).
Porcentil.
Pormenor (al).
Porcentuación (barbarismo).
Tiene pocos posibles.
Postdata (admitida).

Observa mala conducta.
El que manda o gobierna.
De color castaño.
Acudió mayor número de visitantes.
Mayor cantidad.
Mayor.
Mayor precio ("a más alto precio") (preferible).

Primera materia, (admitida).
Completa o enteramente.
Por mayor.
Visitar los mercados para comprar.
Suma, gasto.
Hasta que cobre la extraordinaria, no me hago el traje.
Numeración (nomenclatura es el conjunto de nombre y no de números).

Nosotros por nuestra parte correspondemos con otro regalo.
Deme la cuenta.
Me repito de usted atento y s. s.

Oferente (que ofrece).
Ofrecer, ofrendar.
Undécimo, onceno, onzavo.
Maniobra o manejar (preferible).
La orden del día.
De toda actualidad.
Producto científico contra el mareo.
Patrono.
Hipotecar (pignorar es empeñar).
Central de energía eléctrica (admitida).
Tener varios empleos a un tiempo.
Plusvalía (mayor valía).
Por ciento (tantos).
Tanto por ciento.
Tanto por ciento.
Por menor (al).
Tanto por ciento.
Tiene pocos recursos económicos.
Posdata (preferible).

Precio alto (admitida). | Precio caro (preferible).
Presidencia (la). | El presidente.
Presidente (la). | Presidenta (la).
Preveer. | Prever (sobra lo demás).
Previsto de antemano. | Previsto (sobra lo demás).
1 de febrero. | Primero de febrero (1.º de febrero).
El producido de esta empresa (barbarismo). | El producto de esta empresa.

Productividad (admitida). | Producibilidad. Productibilidad (preferibles).

Provisionar. | Proveer.
Que (coordinación incorrecta). |
"Aurora": La sábana que dura más y se duerme mejor. (De un anuncio comercial.) | "Aurora": La sábana que dura más y en que se duerme mejor (o en la que mejor se duerme).
Que (supérfluo). |
Debemos tener en cuenta sus beneficios en cuanto que ellos obligan nuestra gratitud. | Debemos tener en cuenta sus beneficios en cuanto ellos obligan nuestra gratitud.
Que (por...). | Con que.
El mueble que sueña toda mujer. | El mueble con que sueña toda mujer.
Que (por...). | Como.
De este modo fue que se arruinó. | De este modo fue como se arruinó.
Que (por...). | Para que.
Venga usted mañana que le presente al director. | Venga usted mañana para que le presente al director.
Rapport (inglés). | Informe, información; memoria, reseña.
Reajuste (barbarismo cada vez más frecuente). | Volver a ajustar (nuevo ajuste).
Reajuste de precios. | Ajuste de precios.
Realquilar, realquilado. | Subarrendar, subarrendado.
Reclame, reclamo (galicismos). | Propaganda, anuncio.
Reiterar de nuevo (o nuevamente). | Reiterar.

Relaciones públicas: |

Public relations (anglicismo). | Oficina de relación con el público y con los medios de difusión.

Rembolso (admitida). | Reembolso (admitida).

Suma de la renta más el impuesto (frase de gran impropiedad gramatical).

Suma de la renta con el impuesto (la suma es con (y no más) otra cantidad).

Rentabilidad.

Cualidad de rentable.

Rentable (admitida).

Que deja o da renta.

Rentar (por...).

Arrendar.

Reservas de oro y plata.

Depósito de oro y plata que responden del valor del dinero en circulación fiduciaria de una nación.

Respaldar.

Garantizar.

S. (abreviatura de señor).

Sr. (señor).

SA. abreviatura de Sociedad Anónima).

S. A.

Sa. (abreviatura de señora).

Sra. (señora).

Saldo débito.

Débito.

Las cosas no suelen salir a deseo.

Las cosas no suelen salir a medida del deseo.

Ayer se clausuró el salón de retratos.

Ayer se clausuró la exposición de retratos.

Yo he satisfecho... (Admitida cuando se refiere a un hecho cuyas circunstancias tienen relación con el momento actual.)

Yo satisfice (preferible cuando se refiere a un hecho terminado sin relación con el momento actual).

Se olvida los beneficios.

Se olvidan los beneficios (construcción llamada de pasiva refleja).

El plazo se vence (barbarismo).

El plazo vence.

Se piensan construir canales de riego.

Se piensa construir canales de riego.

Cesan los comisarios X y Z, a quienes se les agradece los servicios prestados.

Cesan los Comisarios X y Z, a quienes se les agradece los servicios prestados.

Se les firmó los contratos.

Se les firmaron los contratos.

Secretariado.

Secretaría.

Según hayan jurado los ministros se reunirán en consejo.

Cuando hayan jurado (o apenas hayan jurado) los ministros, se reunirán en consejo.

Seleccionar (admitida).

Elegir (admitida).

Selectivo (admitida). Porque significa selección. No debe confundirse con...

Electivo (que se hace o se da por elección).

Sensacional (galicismo).

Exquisito, hermoso, magnífico, según los casos.

Somos felices en poder anunciarles...

Tenemos la satisfacción de anunciarles...

Será preciso la presentación de este resguardo para recoger el encargo.

Será precisa la presentación de este resguardo para recoger, etc.

S. E. U. O. (abreviatura de "salvo error u omisión").

S. E. U O. (sin punto de abreviatura detrás de la "u").

Suma total, 2.600 ptas. (s. e. u. o.).

Suma total, 2.600 pesetas (s. e. u o.)

Hay un sin fin de personas.

Hay un sinfín de personas.

Sin su arrojo, hubiera necesariamente perecido en los negocios.

A no ser por su arrojo, hubiera necesariamente perecido en los negocios.

El negocio se hubiera hundido sin nosotros.

El negocio se hubiera hundido, a no ser por nosotros.

Sistemar (barbarismo).

Hacerlo o tenerlo por sistema.

Sistemático (barbarismo).

Por sistema.

Slogan (inglés).

Frase, muletilla, que se repite mucho para fines comerciales, políticos, etc.

El presupuesto se hará sobre tu proyecto.

El presupuesto se hará conforme a tu proyecto.

Muy socorrido (admitida).

Muy de moda. Muy visto. Muy usado.

Srs. (abreviatura de señores).

Sres.

Srta. (en el curso del escrito).

Señorita (sin abreviatura).

Sta. (abreviatura de señorita).

Srta. (señorita).

Sta. Luisa (así escrito dice Santa Luisa).

Srta. Luisa.

Stand (inglés).

Intalación o puesto en una exposición, caseta, pabellón.

Superavits (los).

Los superavit (no tiene plural).

Super-producción.

Superproducción (sin guión).

Superior al mejor (idiotismo).

El mejor.

Superior que...

Superior a...

Supermercado (anglicismo claro del inglés "supermarket").

Mercado general, donde los géneros están envasados, y se sirve el propio cliente.

Supervisar (admitida).

Vigilar, revisar.

Sustituir (admitida).

El rayón es sustitutivo de la seda (Academia).

El rayón es sustituido por la seda (barbarismo).

Temporalero.

De temporal. Temporero.

Tiene.
el que suscribe tengo el honor de...
Tengo el honor.
Me ha colocado en mala tesitura.
Tipo standard.
Toda vez que...

El día uno de este mes.
Recibimos cartas de nuestros lectores urgiéndonos para que resaltemos...
Usable (galicismo).
Use el producto X para la caída del cabello (disparate que significa que se use tal producto para que se le caiga el cabello).

Utillaje (del francés "outillage" (admitida).

V. (abreviatura de usted).
V. de... (abreviatura de...).
Su obstinación va hasta lo increíble.
Vade mecum (latín).

Valorizar (admitida).
Vd. Vdes. (abreviaturas de usted, ustedes).

Véase las páginas siguientes (barbarismo).
Vendibilidad (barbarismo).
Vice-presidente.
Vigente en la actualidad (barbarismo).
Vs. (abreviatura de ustedes).
C. V. (abreviatura de ustedes).
Grifé & Escoda.

Tengo.

El que escribe tiene el honor de...
Me honro; tengo la honra.
Me ha colocado en mala situación.
Tipo o standard solamente.
Pues que, puesto que, supuesto que, una vez que...
El día primero de mes.
Recibimos cartas de nuestros lectores instándonos (o apremiándonos) para que resaltemos.
Usual.



Use el producto X "para evitar la caída del cabello" o "Use el producto X contra la caída del cabello".

Conjunto o colección de los útiles, instrumentos o máquinas propios de un arte, profesión o trabajo.
V. (usted).
Vda. de... (viuda de...).

Su obstinación raya en lo increíble.
Vademecum (libro o cartapacio de poco volumen y que uno lleva consigo).
Valorar (preferible).

V., Vd.; Vdes., VV. (todas con punto de abreviatura).

Véanse las páginas siguientes.
Calidad de vendible.
Vicepresidente.

Vigente.
Vdes. (ustedes).
Udes. VV. (ustedes).
Grifé y Escoda.

## 4. ABREVIATURAS CORRIENTES EN CORRESPONDENCIA COMERCIAL (*)

| | |
|---|---|
| Administración ... ... ... ... ... ... | Admón. |
| Administrador ... ... ... ... ... ... | Adm.<sup>or</sup> |
| Afectísimo ... ... ... ... ... ... ... | Af.<sup>mo</sup> |
| Arroba ... ... ... ... ... ... ... ... | @ |
| Arrobas ... ... ... ... ... ... ... ... | @ @ |
| Artículo ... ... ... ... ... ... ... ... | Art. o art.º |
| Avenida ... ... ... ... ... ... ... ... | Avda. |
| Besa la mano ... ... ... ... ... ... | B. L. M. o b. l. m. |
| Boletín Oficial ... ... ... ... ... ... | B. O. |
| Bultos ... ... ... ... ... ... ... ... ... | B/. |
| Cajas ... ... ... ... ... ... ... ... ... | C. |
| Capítulo ... ... ... ... ... ... ... ... | Cap.º |
| Centigramos ... ... ... ... ... ... ... | cg. |
| Centilitros ... ... ... ... ... ... ... | cl. |
| Centímetros ... ... ... ... ... ... ... | cm. |
| Céntimos ... ... ... ... ... ... ... | Cénts. |
| Ciudad ... ... ... ... ... ... ... ... | Cdad. |
| Compañía ... ... ... ... ... ... ... | C.ª, Cía. o Comp.ª |
| Consejo de Administración ... ... ... | C.º de Admón. |
| Cuenta ... ... ... ... ... ... ... ... | C.<sup>ta</sup> |
| Cuenta corriente ... ... ... ... ... ... | c/c. |
| Decagramos ... ... ... ... ... ... ... | Dg. |
| Decalitros ... ... ... ... ... ... ... | Dl. |
| Decámetros ... ... ... ... ... ... ... | Dm. |
| Decigramos ... ... ... ... ... ... ... | dg. |
| Decímetros ... ... ... ... ... ... ... | dm. |
| Derecha ... ... ... ... ... ... ... | Dra. |
| Descuento ... ... ... ... ... ... ... | Dto. |
| Días fecha ... ... ... ... ... ... ... | d/f. |
| Días vista ... ... ... ... ... ... ... | d/v. |
| Diciembre ... ... ... ... ... ... ... | Dic.<sup>e</sup> |

(*) Recopilación del libro "Diccionario de Incorrecciones y Particularidades del Lenguaje" (Editorial Paraninfo).

| | |
|---|---|
| Dios mediante ... ... ... ... ... ... ... | D. m. |
| Doctor ... ... ... ... ... ... ... ... ... | Dr. o dr. |
| Doctores ... ... ... ... ... ... ... ... | Dres. |
| Don ... ... ... ... ... .. ... ... ... ... | D.$^n$ o D. |
| Doña ... ... ... ... ... .. ... ... ... | D.$^a$ |
| Duplicado ... ... ... ... ... ... ... | Dup.$^{do}$ |
| Ejemplar ... ... ... ... ... ... ... ... | Ej. |
| Ejemplares ... ... ... ... ... ... ... | Ejs. |
| En propia mano ... ... ... ... ... ... | E. P. M. |
| Estados Unidos ... ... ... ... ... ... | EE. UU. |
| Estados Unidos de América del Norte ... ... ... ... ... ... ... ... | U. S. A. |
| Etcétera ... ... ... ... ... ... ... ... | Etc. |
| Excelencia ... ... ... ... ... ... ... | Exc.$^a$ |
| Excelentísimo ... ... ... ... ... ... | Excmo. |
| Ferrocarril ... ... ... ... ... ... ... | F. C. |
| Giro ... ... ... ... ... ... ... ... ... | G/. |
| Gramos ... ... ... ... ... ... ... ... | gr. |
| Hectárea ... ... ... ... ... ... ... ... | Ha. |
| Hectogramos ... ... ... ... ... ... | Hg. |
| Hectolitros ... ... ... ... ... ... ... | Hl. |
| Hectómetros ... ... ... ... ... ... ... | Hm. |
| Hermanos ... ... ... ... ... ... ... | Hnos. |
| Ibidem ... ... ... ... ... ... ... ... | Ib. |
| Idem ... ... ... ... ... ... ... ... ... | Id. |
| Ilustrísimo ... ... ... ... ... ... ... | Il.$^{mo}$ o Illmo. |
| Industria ... ... ... ... ... ... ... ... | Ind. |
| Izquierda ... ... ... ... ... ... ... ... | Izq.$^a$ |
| Izquierdo ... ... ... ... ... ... ... | Izq.$^o$ |
| Kilogramo ... ... ... ... ... ... ... | Kg. |
| Kilolitro ... ... ... ... ... ... ... ... | Kl. |
| Kilómetro ... ... ... ... ... ... ... | Km. |
| Kilómetro cuadrado ... ... ... ... ... | Km$^2$. |
| Letra de cambio ... ... ... ... ... ... | L/. |
| Libra, libro ... ... ... ... ... ... ... | Lib. |
| Libras, libros ... ... ... ... ... ... | Libs. |
| Licenciado ... ... ... ... ... ... ... | L.$^{do}$ |
| Metro, metros ... ... ... ... ... ... ... | m. |
| Metro cuadrado ... ... ... ... ... ... | m$^2$. |
| Metro cúbico ... ... ... ... ... ... ... | m$^3$. |
| Mi, nuestra, su cuenta ... ... ... ... | m/c., n/c., s/c. |
| Mi, nuestra, su letra ... ... ... ... ... | m/l., n/l., s/l. |
| Mi, nuestra, su orden ... ... ... ... | m/o., n/o., s/o. |

| | |
|---|---|
| Mi, nuestro, su pagaré ... ... ... ... | m/p., n/p., s/p. |
| Mi, nuestra, su remesa ... ... ... ... | m/r., n/r., s/r. |
| Miligramos ... ... ... ... ... ... ... ... | mg. |
| Milímetros ... ... ... ... ... ... ... | mm. |
| Minuto ... ... ... ... ... ... ... ... ... | m. |
| Miriagramos ... ... ... ... ... ... ... | Mg. |
| Miriámetros ... ... ... ... ... ... ... | Mm. |
| Muy Ilustre Señor ... ... ... ... ... | M. I. Sr. |
| Norte ... ... ... ... ... ... ... ... ... | N. |
| Nordeste ... ... ... ... ... ... ... ... | NE. |
| Noroeste ... ... ... ... ... ... ... ... | NO. |
| Nota bene ... ... ... ... ... ... ... ... | N. B. |
| Noviembre ... ... ... ... ... ... ... | Nov.$^{e}$ |
| Número ... ... ... ... ... ... ... ... | núm. o n.° |
| Orden ... ... ... ... ... ... ... ... ... | O/. |
| Página ... ... ... ... ... ... ... ... ... | pág. |
| Páginas ... ... ... ... ... ... ... ... | págs. |
| Paquete ... ... ... ... ... ... ... ... | pte. |
| Paseo ... ... ... ... ... ... ... ... ... | P.° |
| Pesetas ... ... ... ... ... ... ... ... | Ptas. o pts. |
| Peso neto ... ... ... ... ... ... ... ... | P. N. |
| Plaza ... ... ... ... ... ... ... ... ... | Pl. |
| Por administración ... ... ... ... ... | P. Admón. |
| Por ausencia ... ... ... ... ... ... ... | P. A. |
| Por autorización ... ... ... ... ... ... | P. A. |
| Por ciento ... ... ... ... ... ... ... | p. % ó %. |
| Por ejemplo ... ... ... ... ... ... ... | P. ej. |
| Por mil ... ... ... ... ... ... ... ... | $^{n}/_{00.}$ |
| Por orden ... ... ... ... ... ... ... ... | P. O. |
| Por poder ... ... ... ... ... ... ... ... | P. P. |
| Porte pagado ... ... ... ... ... ... ... | P. P. |
| Posdata ... ... ... ... ... ... ... ... | P. D. |
| Principal ... ... ... ... ... ... ... ... | Pral. |
| Provincia ... ... ... ... ... ... ... ... | Prov. |
| Próximo pasado ... ... ... ... ... ... | P. P.$^{do}$ |
| Puerto ... ... ... ... ... ... ... ... ... | Pto. o pto. |
| Que estrecha su mano ... ... ... ... | Q. E. S. M. o q. e. s. m. |
| Quintal métrico ... ... ... ... ... ...: | Qm. o qm. |
| Real Decreto ... ... ... ... ... ... ... | R. D. |
| Real Orden ... ... ... ... ... ... ... | R. O. |
| Recibí ... ... ... ... ... ... ... ... ... | R$^{bi}$. |
| Remite ... ... ... ... ... ... ... ... ... | Rte. |
| Salvo error u omisión ... ... ... ... | S. e. u o. |

| | |
|---|---|
| Señor ... ... ... ... ... ... ... ... ... | Sr. |
| Señora ... ... ... ... ... ... ... ... ... | Sra. o S.ra |
| Señores . . ... ... ... ... ... ... ... | Sres. |
| Señorita ... ... ... ... ... ... ... ... | Srta. |
| Septiembre ... ... ... ... ... ... ... | Sept.e |
| Servicio Nacional ... ... ... ... ... | S. N. |
| Sin gastos ... ... ... ... ... ... ... ... | S/G. |
| Sociedad en Comandita ... ... ... ... | S. en C. |
| Sociedad General ... ... ... ... ... ... | Sdad. Gral. |
| Sociedad Limitada ... ... ... ... ... | S. L. |
| Su casa ... ... ... ... ... ... ... ... ... | S. c. |
| Su Excelencia ... ... ... ... ... ... ... | S. E. |
| Su Majestad ... ... ... ... ... ... ... | S. M. |
| Su seguro servidor ... ... ... ... ... | S. S. S. o s. s. s. |
| Teléfono ... ... ... ... ... ... ... ... | Tel. |
| Telegrafía sin hilos ... ... ... ... ... | T. S. H. |
| Televisión ... ... ... ... ... ... ... ... | TV. |
| Tonelada ... ... ... ... ... ... ... ... | T. o t. |
| Tonelada métrica ... ... ... ... ... ... | Tm. |
| Travesía ... ... ... ... ... ... ... ... | Trav. |
| Usted ... ... ... ... ... ... ... ... ... | U. o Ud. (pero no Vd.). |
| Ustedes ... ... ... ... ... ... ... ... | Uds. |
| Véase ... ... ... ... ... ... ... ... ... | V. |
| Verbigracia ... ... ... ... ... ... ... | v. g. o v. gr. |
| Visto bueno ... ... ... ... ... ... ... | V.º B.º |
| Viuda ... ... ... ... ... ... ... ... ... | Vda. |
| Vuecencia ... ... ... ... ... ... ... ... | V. E. |

## 5. LOCUCIONES LATINAS Y PERTENECIENTES A OTRAS LENGUAS USADAS EN CASTELLANO COMERCIALMENTE (1)

| | |
|---|---|
| Ab absurdo ... ... ... ... ... ... ... | Por reducción al absurdo. |
| * Ab aeterno ... ... ... ... ... ... ... ... | Desde la eternidad. |
| * Ab initio ... ... ... ... ... ... ... ... ... | Desde el principio. |
| * Ab intestato ... ... ... ... ... ... ... | Sin testar. Sin testamento. |
| Ab origine ... ... ... ... ... ... ... ... | Desde el origen. |
| * Ab bona ... ... ... ... ... ... ... ... ... | Para los bienes. |
| Addenda ... ... ... ... ... ... ... ... ... | Lo que debe añadirse. |
| * Ad hoc ... ... ... ... ... ... ... ... ... | Para esto. Por esto. |
| * Ad hominem ... ... ... ... ... ... ... ... | Según el hombre. |
| * Ad líbitum ... ... ... ... ... ... ... ... | A voluntad. A gusto. |
| Ad litteram ... ... ... ... ... ... ... ... | Al pie de la letra. |
| * Ad nutum ... ... ... ... ... ... ... ... ... | A voluntad. |
| * Ad perpetuam ... ... ... ... ... ... ... | De modo perpetuo. |
| * Ad quem ... ... ... ... ... ... ... ... ... | A quien. |
| Aequo animo ... ... ... ... ... ... ... | Con igual ánimo. |
| * A fortiori ... ... ... ... ... ... ... ... ... | Con mayor razón. Con mayor motivo. |
| * A látere ... ... ... ... ... ... ... ... ... | Al lado. |
| * Alias ... ... ... ... ... ... ... ... ... ... | De otro modo. Por otro nombre. |
| A minima ... ... ... ... ... ... ... ... | Apelación del fiscal, que pide sentencia mayor o más justa. |
| A novo ... ... ... ... ... ... ... ... ... | De nuevo. |
| * A posteriori ... ... ... ... ... ... ... ... | Posteriormente. |
| * A priori ... ... ... ... ... ... ... ... ... | Con anterioridad. |
| A remotis ... ... ... ... ... ... ... ... | Aparte. A un lado. |
| Bona fide ... ... ... ... ... ... ... ... | De buena fe. |
| * Casus belli ... ... ... ... ... ... ... ... | Caso o motivo de guerra. |
| Consummatum est ... ... ... ... ... ... | Consumado está (Jesucristo). |
| Corpus delicti ... ... ... ... ... ... ... | Cuerpo del delito. |
| Corrigenda ... ... ... ... ... ... ... ... | Lo que hay que corregir. |
| Cuique suum ... ... ... ... ... ... ... | A cada uno lo suyo. |
| * Coram pópulo ... ... ... ... ... ... ... | Ante el pueblo. En público. |

---

(1) Recopilación del libro "Diccionario de Incorrecciones y Particularidades del Lenguaje" (Editorial Paraninfo).

| | |
|---|---|
| Curriculum vitae ... ... ... ... ... | Carrera de la vida. Historial. |
| De auditu ... ... ... ... ... ... ... | De oídas. |
| De cuius ... ... ... ... ... ... ... | De cuyo, del cual, de la cual. |
| * De facto ... ... ... ... ... ... ... | De hecho. |
| * De iure ... ... ... ... ... ... ... | De derecho. |
| * Deo gratias ... ... ... ... ... ... | Gracias a Dios. |
| De plano ... ... ... ... ... ... ... | Sin dificultad. |
| * Desiderátum ... ... ... ... ... ... | Lo deseado. |
| De visu ... ... ... ... ... ... ... | Por haberlo visto. |
| Dixi ... ... ... ... ... ... ... ... | He dicho. |
| Errare humanum est ... ... ... ... | Errar es propio del hombre. |
| Ex abrupto ... ... ... ... ... ... | Bruscamente. |
| Ex aequo ... ... ... ... ... ... ... | Con igualdad. |
| * Ex cáthedra ... ... ... ... ... ... | Desde la cátedra. En tono magistral y decisivo. |
| Excelsior ... ... ... ... ... ... ... | El más alto. |
| Ex consensu ... ... ... ... ... ... | Con el consentimiento. |
| Ex dono ... ... ... ... ... ... ... | Por donación. |
| Exempli gratia ... ... ... ... ... | Por ejemplo. |
| * Ex libris ... ... ... ... ... ... ... | En los libros. |
| Ex nihilo, nihil ... ... ... ... ... | De nada, nada. |
| * Ex profeso ... ... ... ... ... ... | Con pleno conocimiento. De propósito. |
| * Extra ... ... ... ... ... ... ... ... | Fuera. Además. |
| Extra muros ... ... ... ... ... ... | Fuera de las murallas. |
| Ex voto ... ... ... ... ... ... ... | Por voto. |
| * Grosso modo ... ... ... ... ... ... | Aproximadamente. |
| * Ibídem ... ... ... ... ... ... ... | En el mismo lugar. |
| Id est ... ... ... ... ... ... ... ... | Esto es. |
| * Imprimátur ... ... ... ... ... ... | Imprímase. |
| In actu ... ... ... ... ... ... ... | En el acto. |
| In æternum ... ... ... ... ... ... | Para siempre. |
| * In albis ... ... ... ... ... ... ... | En blanco. |
| In ambiguo ... ... ... ... ... ... | En la duda. |
| * In artículo mortis ... ... ... ... | En el artículo o trance de la muerte. |
| In extenso ... ... ... ... ... ... | Por extenso. |
| * In extremis ... ... ... ... ... ... | En los últimos instantes de la existencia. |
| In nomine ... ... ... ... ... ... | Nominalmente. |
| * In péctore ... ... ... ... ... ... | En el pecho. Reservadamente. |
| * In promptu ... ... ... ... ... ... | De pronto. A la mano. |
| In situ ... ... ... ... ... ... ... | En el mismo sitio. |
| * Inter nos ... ... ... ... ... ... ... | Entre nosotros. |
| * Ipso facto ... ... ... ... ... ... | Por el mismo hecho. En el acto. |

| | |
|---|---|
| * Lapsus cálami ... ... ... ... ... ... | Error al correr de la pluma. |
| * Lapsus linguæ ... ... ... ... ... ... | Error de palabra, de lengua. |
| Manu militari· ... ... ... ... ... ... | Con mano militar. Por la fuerza. |
| * Mare mágnum ... ... ... ... ... ... | Confusión de asuntos. |
| Mea culpa ... ... ... ... ... ... ... | Por mi culpa. |
| * Modus vivendi ... ... ... ... ... ... | Modo de vivir. |
| * Motu proprio ... ... ... ... ... ... | Por propio impulso. Voluntariamente. |
| * Mutatis mutandis ... ... ... ... ... | Cambiando lo que hay que cambiar. |
| * Nota bene ... ... ... ... ... ... ... | Advierte bien. |
| * Peccata minuta ... ... ... ... ... ... | Pecados pequeños. |
| Per accidens ... ... ... ... ... ... ... | Por casualidad. |
| Per cápita ... ... ... ... ... ... ... | Por cabeza. Por individuo. |
| Per fas et nefas ... ... ... ... ... | Por lo justo o lo injusto. |
| * Per se ... ... ... ... ... ... ... ... | Por sí mismo. |
| Placet ... ... ... ... ... ... ... ... | Place. |
| Post factum, nullum consilium ... | Después del hecho, huelga el consejo. |
| * Prima facie ... ... ... ... ... ... | A primera vista. |
| Pro forma ... ... ... ... ... ... ... | Por la forma. |
| * Pro indiviso ... ... ... ... ... ... | Sin dividir. |
| Pro tempore ... ... ... ... ... ... | Según el tiempo. |
| * Quid pro quo ... ... ... ... ... | Una cosa por otra. |
| * Relata réfero ... ... ... ... ... | Lo refiero como lo cuentan. |
| * Sic ... ... ... ... ... ... ... ... ... | Así. |
| Sine die ... ... ... ... ... ... ... | Sin fecha fija. Indefinidamente. |
| * Sine qua non ... ... ... ... ... ... | Sin la cual, no. |
| Statu quo ... ... ... ... ... ... ... | En el estado en que se hallaban antes las cosas. Dejarlas tal como están. |
| * Sui géneris ... ... ... ... ... ... | Singular, único. |
| Suo tempore ... ... ... ... ... ... | A su tiempo. |
| Ut infra ... ... ... ... ... ... ... | Como abajo. |
| * Ut retro ... ... ... ... ... ... ... | Como detrás. |
| * Ut supra ... ... ... ... ... ... ... | Como encima. |
| * Vera efigies ... ... ... ... ... ... | Imagen verdadera. |
| * Verbi gratia ... ... ... ... ... ... | Por ejemplo. |
| * Vis cómica ... ... ... ... ... ... | Fuerza cómica. |
| Vox populi, vox Dei ... ... ... ... | Voz del pueblo, voz de Dios. |

NOTA.—Las locuciones latinas o pertenecientes a otras lenguas que van precedidas de (*), en su significación castellana han sido incorporadas al léxico hispano por la Real Academia Española.

# CORRESPONDENCIA URGENTE

La redacción de la correspondencia o de cualquier tipo de comunicación urgente requiere una atención especial.

Su propio carácter de urgencia se presta a menudo —sobre todo en aquellas personas con poca experiencia en redacción o poco tiempo de actividad comercial o administrativa— a confusiones o divagaciones que desfiguran el verdadero sentido de urgencia de un mensaje.

Estas comunicaciones deben ceñirse, pues, a unas pautas de redacción un tanto estrictas o generales. Dentro de la flexibilidad imprescindible que pueda exigir un caso excepcional, deberán sujetarse, por lo menos, a las tres normas principales siguientes:

1º — JUSTIFICACION de la urgencia de su contenido.

2º — CLARIDAD en el significado de esta urgencia.

3º — BREVEDAD en su exposición.

JUSTIFICACION.— Se insiste, en primer lugar, sobre este punto, dado el abuso con que frecuentemente se emplea la palabra *"urgente"* en la correspondencia comercial, sin ninguna causa que la motive.

Sus consecuencias negativas son evidentes. Veamos:

a) — La firma o persona requerida hace caso omiso de la comunicación recibida, acostumbrada a leer diariamente cartas, telegramas o avisos cuya resolución no encierra en absoluto urgencia alguna.

b) — Así, numerosas firmas están *marcadas* en sus relaciones comerciales con el sello de empresas que rodean sus asuntos de una urgencia rutinaria.

c) — Lógicamente, con este *marchamo*, los verdaderos casos urgentes de estas firmas se ven relegados a un trámite normal, recibiendo un trato contrario al deseado.

d)— Las fricciones y perjuicios derivados de esta situación acaban deteriorando indefectiblemente la imagen y los intereses de una firma comercial.

Para evitar precisamente enfrentarnos con un resultado distinto del que nos hemos propuesto, la redacción de un texto exponiendo un deseo o necesidad urgentes, habrá de justificar al menos, apoyándose en bases lógicas o sólidas como:

Autenticidad convincente de la urgencia solicitada.

Margen de fechas ajustado a su posible ejecución material.

Margen de tolerancia ante un eventual retraso inesperado.

Compromiso ineludible (veracidad especialmente) adquirido como consecuencia de un plazo de entrega establecido por contrato.

Perjuicios auténticos ocasionados a terceros en casos de demora o de incumplimiento de fechas.

Quebrantos económicos ante la eventual cancelación de un pedido importante por negligencia en el cumplimiento de la urgencia.

Necesidad de atender a un importantísimo cliente, que acostumbra a exigir por causa ineludible plazos de entrega muy reducidos.

Expuesta en primer lugar la forma más idónea —en sus diferentes posibles matices— de justificar un asunto urgente, la preocupación inmediata consistirá en redactar el texto con CLARIDAD.

Efectivamente, a menudo se confunden ambos conceptos. Al tratar de poner de relieve la urgencia basándose en otros argumentos que no se relacionen con los de mayor peso ya expuestos, se suele caer en la tentación —convertida con frecuencia en vicio— de perderse en ruegos, explicaciones reiterativas, contradicciones, cuando no se recurre a señalar perjuicios inexistentes o incluso se tiende de forma natural a su dramatización.

Los puntos de apoyo para redactar una comunicación urgente con la suficiente claridad, pueden resumirse en:

1º —Justificar su urgencia con el argumento más convincente de los expuestos en el apartado anterior o que mayor importancia tenga a juicio de quien redacta la comunicación.

2º —Eliminación de razonamientos o explicaciones que no fuercen para nada esta justificación.

153

3º —Exponer el caso requerido ciñéndose exclusivamente al asunto urgente.

4º —Evitar la reiteración de otras peticiones urgentes anteriores en el mismo mensaje, lo cual desviaría la atención del objetivo presente.

5º —Esquematizar claramente, por conceptos o párrafos separados, las distintas modalidades o deseos que comprende la urgencia requerida.

6º —Establecer un riguroso orden de prelación de estas modalidades.

Por último, téngase en cuenta que ambos conceptos, *justificación* y *claridad*, van estrechamente ligados a la *brevedad*.

Se ha insistido mucho a lo largo de esta obra en la necesidad de ser concisos y breves en la redacción de la correspondencia comercial.

Pues bien, toda insistencia en este sentido debe reforzarse aún más al referirse a la brevedad de exposición de un asunto urgente.

Invariablemente, cuanto más breve sea su redacción, mayor fuerza prestará a la urgencia que se trata de exponer.

No hay que confundir esta brevedad con el laconismo de expresión. Una carta breve, pero clara, siempre redundará favorablemente en beneficio de la urgencia.

Recuérdese que ... *¡Lo bueno, si breve, dos veces bueno!*

En estas peticiones urgentes, ser breves —no lacónicos— puede consistir en:

1º —Suprimir en la comunicación toda frase, expresión o vocablos superfluos, que no esclarezca la urgencia pretendida.

2º —Evitar divagaciones sobre posibles consecuencias, imaginarias o reales, que en nada van a influir por el momento en la ejecución urgente de una orden.

3º —No hacer mención de experiencias anteriores, positivas o negativas, que pueden posponerse a escritos o aclaraciones posteriores, no urgentes.

4º —Limitarse a la exposición de un solo caso urgente, siempre que no sea indispensable hacerlo.

5º —En este supuesto, redactar cada uno de ellos por puntos o apartados definidos con la suficiente claridad impresa o mecanografiada.

6º —Suprimir toda clase de conjeturas, promesas, temores o fórmulas recargadas de agradecimiento o de ruegos encaminados a justificar la urgencia.

No debe olvidarse que la palabra URGENTE es lo suficientemente expresiva de por sí. Cualquier hombre de negocios o empresa consciente de ello, sabe discernir perfectamente entre una necesidad normal y una petición urgente.

*　　*　　*

Hechas todas estas advertencias, analizaremos algunos ejemplos prácticos.

Juegan un papel primordial en la redacción de TELEGRAMAS o TELEX.

En efecto, este sistema de comunicación es uno de los medios más rápidos a nuestro alcance para la resolución urgente de un asunto, especialmente cuando se quiere dejar prueba fehaciente escrita.

Se recurre al envío de un telegrama para pedidos urgentes, felicitaciones, pésames, convocatoria de reuniones, avisos de llegada o de salida, cuyo texto suele ser generalmente breve.

Partiendo del telegrama, existen otros medios de comunicación similares: cablegramas, radiogramas, teletipos, computadoras de intercomunicación y otros varios sistemas electrónicos cuya enumeración sería prolijo intentar aquí.

La redacción de un telegrama, debe ser especialmente cuidada. Ha de tenerse en cuenta, por ejemplo, que el sistema no permite el empleo de diversos signos de puntuación.

Unicamente, si para facilitar una interpretación correcta del texto, debe hacerse separaciones de párrafos, hay que recurrir en cada caso al empleo de la palabra "PUNTO".

Hoy, se ha generalizado también el uso en castellano del vocablo inglés "STOP" equivalente a nuestra palabra *punto*.

# NORMAS PARA LA REDACCION DE UN TELEGRAMA O TELEX

Confeccionar un telegrama requiere sujetarse a unas normas fijas de redacción por un orden determinado y exigido por las oficinas de Telégrafos.

Se pueden extender en los impresos especiales que facilitan estos despachos o en algún otro formulario particular de la empresa, pero deben atenerse en todo momento a *un orden* invariable de acuerdo con el siguiente esquema:

$1^o$— Población de destino y provincia.
$2^o$— Nombre y apellidos (o razón social) del destinatario (1).
$3^o$— Dirección: calle, paseo, plaza y número.
$4^o$— TEXTO
$5^o$— FIRMA

Por último, al pie del telegrama, es indispensable indicar el nombre y apellidos de la persona o razón social que ha expedido el telegrama, datos que pueden ser muy completos ya que no se incluyen en el coste del telegrama.

| | |
|---|---|
| *EJEMPLOS:* | Nombre de la Razón social completa |
| | Armamento de Aviación, S.A. |
| Dirección telegráfica: | ADASA |
| | Libros y Sonido, S.A. |
| Dirección telegráfica: | LIBYSON |
| | Sociedad Española de Construcción Agrícola |
| Dirección telegráfica: | SOCONAG |
| | Calefacción y Señales, S.A. |
| Dirección telegráfica: | CASESA |

---

(1) Muchas empresas comerciales tienen registrado oficialmente un nombre (o anagrama), en general de una sola palabra, que sirve especialmente de dirección telegráfica.

Ello, aparte de evitar posibles confusiones en la dirección de un telegrama o coincidencias de nombre o apellidos, (no se permite el registro o el uso de una misma palabra para dos firmas distintas) representa una economía sensible en el coste de telegramas, sobre todo para aquellas empresas que por la índole de su negocio utilizan con mucha frecuencia este sistema de comunicación.

Conviene señalar también que existen códigos o claves especiales para sustituir frases completas por una sola palabra.

Algunos de estos códigos o claves tienen aplicación internacional y simplifican extraordinariamente la redacción y el coste de telegramas.

Otras empresas, estrechamente vinculadas en operaciones mutuas, relaciones comerciales permanentes, entre filiales, etc., tienen convenidos códigos particulares o palabras-clave.

El sistema es sumamente útil, independientemente del ahorro de tiempo y económico, cuando se quiere dar un carácter confidencial o secreto al texto de uno de estos mensajes.

**CONFIRMACION DE TELEGRAMAS.—** Una vez cursados, es costumbre confirmar por carta inmediata su contenido. Esta práctica permite ampliar detalles que el propio telegrama no recoge, reforzando la petición o justificación del mismo.

(A continuación damos varios ejemplos redactados correcta e incorrectamente)

## SIN ABREVIAR. REDACCION DEMASIADO EXTENSA

Jerez de los Caballeros (Badajoz) (1)
Luis de la Peña Fernández
Fidel de la Cuadra 28

Texto: REPRESENTANTE NUESTRA FIRMA VISITARA A USTEDES DURANTE PROXIMA SEMANA

---

LA CORUÑA
Sebastián del Pozo
Plaza de la Leña 80

Texto: ENVIEN TODA URGENCIA GRAN VELOCIDAD 500 CARTERAS DEL MODELO HJ

(La petición de envío por gran velocidad ya tiene carácter de urgencia. De todas formas, si se quiere reforzar la idea de urgencia, añádase sólo *URGE* al principio del telegrama).

---

BARCELONA
Construcciones y Obras Farrells
Vía Solana 43

Texto: ROGAMOS INFORMEN MUY CONFIDENCIALMENTE SOBRE SOLVENCIA DE FIRMA AUTOPER DE ESA CIUDAD

---

*Telegrama destinado a una firma con nombre telegráfico registrado:*

VALENCIA
Armamento de Aviación, S.A.
Fraguas 243

Texto: DESEAMOS CONOCER URGENTE POSIBLE PLAZO ENTREGA PERCUSORES JANA STOP SIGUE CARTA

---

(1) Para la supresión de palabras en poblaciones hay que consultar el nomenclator de Telégrafos.

## ABREVIADOS. REDACCION CORRECTA

Jerez de los Caballeros (Badajoz)
Luis Peña Fernández
Fidel Cuadra 28

Texto: NUESTRO REPRESENTANTE LES VISITARA PROXIMA
SEMANA

---

CORUÑA
Sebastián Pozo
Plaza Leña 80

Texto: ENVIEN GRAN VELOCIDAD 500 CARTERAS MODELO HJ

---

BARCELONA
Construcciones Farrells
Vía Solana 43

Texto: ROGAMOS INFORMES CONFIDENCIALES SOLVENCIA
FIRMA BARCELONESA AUTOPER

---

VALENCIA
ADASA
Fraguas 243

Texto: TELEGRAFIEN URGENTEMENTE PLAZO ENTREGA
PERCUSORES JANA STOP ESCRIBIMOS

*Telegramas con distintos asuntos en un mismo texto:*

## PLANTEAMIENTO INCORRECTO

Texto: SUSPENDAN FABRICACION PEDIDO 138 ENVIEN ANTES RESTO PEDIDOS ANTERIORES NUESTRO DELEGADO VISITARA SU FIRMA PROXIMO MARTES

---

Texto: URGEME RECIBIR CONTESTACION MI CARTA OCHO PRESENTE TENEMOS YA PREPARADO PEDIDO 140 EXPEDICION 139 REALIZADA AYER

---

Texto: DISGUSTADOS POR RETRASO EN ENVIO CUADERNOS NO RECIBIDOS OTROS ARTICULOS SOLICITADOS ESCRIBIREMOS SOBRE RESTANTES ANOMALIAS

---

*Telegrama de texto extenso*

Ejemplo de redacción defectuosa y de puntuación incorrecta:

Texto: REUNIDO CONSEJO ADMINISTRACION PARA ESTUDIAR CESES HABIDOS EN PLANTILLA ACTUAL HAN SIDO ACEPTADOS TOMEN NOTA NUEVOS NOMBRAMIENTOS VICENTE PEREZ SAY DIRECTOR GENERAL SILVERIO CID RAS VICEPRESIDENTE CARLOS PORTAL CAÑADA SECRETARIO PUNTO DOS PRIMEROS ACTUARAN EN SEDE CENTRAL TERCERO EN FILIAL VALLADOLID RECIBIRAN NUEVAS DIRECTRICES CARTA URGENTE ACUSEN RECIBO

## PLANTEAMIENTO CORRECTO (VEASE PUNTUACION)

Texto: ANULEN FABRICACION 138 STOP ENVIEN RESTO PEDIDOS ANTERIORES STOP RECIBIRAN VISITA NUESTRO DELEGADO SEMANA PROXIMA

---

Texto: CONTESTEN URGENTEMENTE PROPUESTA OCHO ACTUAL PUNTO PEDIDO 140 PREPARADO PUNTO AYER EXPEDI ORDEN 139

---

Texto: JUSTIFIQUEN RETRASO ENVIO CUADERNOS PUNTO SIN RECIBIR OTROS ARTICULOS SOLICITADOS STOP ESCRIBIREMOS RESTANTES ANOMALIAS

---

Corrección propuesta:

Texto: REUNIDO CONSEJO AMON ACEPTASE CESE PLANTILLA PUNTO NUEVOS NOMBRAMIENTOS VICENTE PEREZ SAY DIRECTOR GENERAL PUNTO SILVERIO CID RAS VICEPRESIDENTE PUNTO AMBOS ACTUARAN EN SEDE CENTRAL PUNTO CARLOS PORTAL SECRETARIO EN FILIAL VALLADOLID PUNTO SIGUEN URGENTEMENTE NUEVAS DIRECTRICES PUNTO ACUSEN RECIBO

## EJERCICIOS DE REDACCION DE TELEGRAMAS

(Véanse soluciones propuestas en la página siguiente).

Texto: 1: Alerta, S.A. telegrafía a Vicens Hnos., para que envíen lo antes posible los artículos solicitados por su pedido número 454 del 23 de Marzo de 1981.

2: Ediciones Popularis, de Amsterdam, envía un telegrama anunciando la llegada a Madrid de uno de sus Delegados. Irá a visitarles el día X a las Z horas.
(Hay que contestar por el mismo procedimiento ante una posible ausencia de la persona interesada en la fecha señalada).

3: EUTRINSA reclama a Exportaciones Agrupadas S.A. el pago inmediato de varios suministros realizados hace tiempo y no cancelados hasta ahora.
De no recibir satisfacción, EUTRINSA anuncia que suspenderá todo envío pendiente, añadiendo que iniciará el requerimiento del pago por vía jurídica.

4: Por cambios ineludibles en un sistema de fabricación, la firma VALDIVIESO solicita de su proveedor que suspenda la ejecución de varios pedidos pendientes de determinadas piezas o modelos.
Las variaciones son importantes, por lo cual el Director de la empresa VALDIVIESO considera vital desplazarse el martes próximo hasta la fábrica para informar personalmente de los cambios que deben introducirse.

5: Industrias Ortiz recibe una oferta interesante de Fosfatos Perú. Debe contestar por telegrama anunciando que, de obtener una reducción de peseta por kilo, aceptaría quedarse con toda la partida ofrecida.

6: El Sr. Kocher tiene a su madre gravemente enferma. El doctor anuncia un fatal desenlace. El Sr. Kocher debe comunicar a su hermana que su madre se encuentra muy mal y que es necesaria su presencia.

IMPORTANTE: Hay que poner especial cuidado cuando se deben anunciar este tipo de noticias por telegrama. Suelen ser, generalmente, inesperadas. Evítese, pues, la comunicación directa de cualquier asunto grave (especialmente en desgracias familiares) tratando de suavizar momentáneamente la noticia.

7: Un cliente moroso reclama a su proveedor un pedido pendiente. Este, debe contestarle claramente, sin más rodeos, que no efectuará el suministro hasta recibir los fondos adeudados, que han sido reclamados repetidas veces por carta sin resultado alguno.

## SOLUCIONES PROPUESTAS: TEXTOS DE TELEGRAMAS

1: "TELEGRAFIEN FECHA ENVIO PEDIDO 454"

2: "AUSENTE FECHA PREVISTA RESERVARE TARDE VIERNES PROXIMO"

3: "CONTESTEN INSISTENTES RECLAMACIONES PUNTO CASO CONTRARIO CANCELAREMOS ENVIOS INICIANDO RECLAMACION JURIDICA PAGOS PENDIENTES"

4: "SUSPENDAN FABRICACION ORDEN 1123 PUNTO CAMBIOS IMPORTANTES REQUIEREN TRANSFORMACIONES MODELOS PUNTO VIAJAREMOS AVION MARTES PARA INFORMARLES"

5: "ADQUIRIRIA TOTALIDAD OFERTA CON REDUCCION PESETA KILO"

6: "SALUD MAMA QUEBRANTADA PUNTO DOCTOR ACONSEJA TU PRESENCIA"

7: "ENTREGA INMEDIATA SUPEDITADA PAGOS PENDIENTES RECLAMADOS REITERADAMENTE"

Otros libros publicados por

## LINGUISTICA Y FILOLOGIA

ALWOOD y DAHL.– Lógica para lingüistas.
CUARTAS.– Curiosidades del Lenguaje.
HYMAN.– Fonología.
LINARES.– Estilística. Teoría de la puntuación. Ciencia del estilo lógico.
MADARIAGA.– Poetas hispanoamericanos de ayer y de hoy. Antología.
MARTIN-VIVALDI.– Curso de redacción (19ª edición).
MATTEWS.– Morfología. Introducción a la teoría de la estructura de la palabra.
MONROY CASAS.– La pronunciación del inglés R. P. para hablantes de español.
NICOULIN.– Conjugación de verbos franceses.
POLO.– Ortografía y Ciencia del Lenguaje.
ROBINS.– Breve historia de la lingüística.
ROBLES.– Lengua y habla en la escuela actual.


## DICCIONARIOS

HORTA.– Diccionario de sinónimos, ideas afines y de la rima (4ª edición).
LEAL.– Diccionario naval (inglés-español y español-inglés).
MACHADO.– Diccionario técnico de la construcción (francés-español y español-francés).
MALGORN.– Diccionario técnico español-francés.
MALGORN.– Diccionario técnico español-inglés.
MALGORN.– Diccionario técnico inglés-español.
MARTINEZ DE SOUSA.– Diccionario general del periodismo.
MENDEZ.– Diccionario técnico de la industria del petróleo (español-inglés-francés).
MERINO.– Diccionario de dudas inglés-español (2ª edición).
MERINO.– Diccionario temático inglés-español y español-inglés.
OLIVETTI.– Diccionario de informática inglés-español.
ONIEVA.– Diccionario múltiple. Nueve diccionarios en un solo volumen: (Sinónimos y antónimos. Palabras homófonas. Palabras de dudosa ortografía. Palabras isónimas y parónimas. Palabras parónimas por el acento. Palabras parónimas por la pronunciación. Rimas poco comunes. Refranes, dichos y sentencias. Frases latinas. Ceceo y seseo. Curiosidades) (2ª edición).
SANTAMARIA, CUARTAS y MANGADA.– Diccionario de incorrecciones y particularidades del lenguaje (4ª edición actualizada).
SANTANO.– Diccionario de gentilicios y topónimos.